小さな宇宙ベンチャーが起こしたキセキ

Space BD株式会社　代表取締役社長

永崎将利

アスコム

この物語は事実に基づくフィクションです。
実在の個人・団体とは一切関係がありません。

目次

第2章　「宇宙商社」はじめました　099

序章

「――永崎さん、見つかりました！　ロケットです、ロケットをやりましょう」

電話を取った瞬間、珍しく興奮気味の口調で赤浦が言った。

「ロケットというのは、宇宙を飛ぶあのロケットのことですか？」

「そう、宇宙産業です」

あまりに突拍子もない提案に、僕は戸惑いを隠せなかった。

それはそうだろう。大学では教育学部を卒業し、三十路になる今日までキャリアの大半を商社で過ごしてきた自分は、宇宙工学の素養があるわけでも、宇宙産業に知見があるわけでもない、ズブの素人なのだ。

しかし、電話の主は日本有数の投資家として名高い、赤浦徹《あかうらとおる》である。彼が何の勝算もなく宇宙産業に着目したとは思えない。

「とりあえず、詳しいことはまたあらためて話します。明日の午後にでも時間をください」

赤浦は手短にそう言うと電話を切った。

宇宙産業といえば、人類がすべての叡智と技術を結集して挑む、あまりにも壮大な分野である。そこにあるのはいつだって、その時代の科学の最先端であるはずだ。社員数わずか三人の小さな会社を興し、人材教育事業をどうにか軌道にのせたばかりの自分にとって、到底太刀打ちできる世界とは思えず、不安すら感じていた。

——でも、直感的に「だからこそ」の魅力を感じていたのも事実だ。赤浦の短い言葉には、ピンとくる感覚が確かにあり、僕は不思議な高揚感を覚えた。

何者かになるために、何かをやらなければいけない。一花咲かせるために、小さくまとまり始めた現状を、どうにか打破しなければならない。

そう心の中で焦れ続けていた僕にとって、宇宙というキーワードには十分な説得力があったのだ。

今はまだ、右も左もわからない世界だが、このくらいぶっ飛んだフィールドでなければ、自分自身を満足させる成果は得られないだろう。新たな扉が開く予感があった。

翌日、僕は赤浦の事務所を訪ねた。

僕を迎え入れると彼は、開口一番こう切り出した。

「昨日は実は、経産省の役人と会っていたんです。内閣府の宇宙開発戦略推進事務局に出向中の人物です」

赤浦は日本ベンチャーキャピタル協会の会長を務める人物だ。有望なベンチャー企業に対して積極的な投資を行なう投資家で、これまでにも複数の有力ベンチャーを上場させてきた実績を持つ、ビジネスシーンではよく知られた存在である。豊かな人脈と資金力を持ち、経営に長けた彼を政府関係者が頼るのは、ごく自然なことと言っていいだろう。

「ところで永崎さんは、宇宙についてどのくらい知識をお持ちですか」

「それが……。お恥ずかしい話、まったくのゼロと言わざるを得ない状態です。何しろ『スターウォーズ』すら見たことがないくらいで」

昨夜、宇宙産業の現状について慌ててネット検索を試みたが、所詮は付け焼き刃に過ぎない。僕は背伸びをせず、ありのままの自分を見せることにした。丸裸の自分を見せなければ、人の信頼は得られない——。これは起業後、数々の挫折と失敗を経てたどりついた境地だった。

赤浦は意に介さない様子で話を続けた。

「その席で、これからの宇宙産業に必要なのはどのような人材か、という話題が出たんです。すると先方は、『日本の宇宙産業にいま必要なのは、昔気質の商社マンです』と言ったんです。欧米をはじめとする海外の並み居るビジネスパーソンを相手に、一歩も引かずに渡り合い、時にはゴツゴツと頭をぶつけながら道なき道を切り開いていく、気骨を持った人材を彼らは欲しているんです。これはもう、永崎将利こそがうってつけだと、その場で直感しましたよ」

そこで赤浦は、経産官僚との打ち合わせの最中に居ても立っても居られなくなり、わざわざ離席して僕に電話をかけてきたのだという。

「永崎さん、ロケットをやりましょうよ」

「正直なところ、あまりにもスケールの大きな話で戸惑いはありますが、確かに無限の可能性を感じさせますね。このくらいぶっ飛ばないと……」

赤浦は「でしょう？」とにっこり微笑んだ。

「まずは互いにスタディを始めてみませんか」

「はい、やってみましょう！」

僕は昨日から滾らせている不思議な高揚感が、胸の内側でいっそう大きく膨らむのを感じた。


赤浦との出会いは決して古くはない。

二〇一三年に、十年務めた日ノ本物産を退職し、無職の一年を経てナガサキ・アンド・カンパニー株式会社の看板を掲げた僕だったが、当初は何をやってもうまくいかなかった。時に騙され、煮え湯を飲まされ、それでも一旗揚げるためにズタボロになりながらもがいていた頃、人づてに紹介を受けたのが投資家・赤浦徹だった。

赤浦は当初、僕に投資家として研鑽を積むことを望んだが、僕自身が目指す方向とは微妙に異なっていたことから、物別れに終わった経緯がある。おかげで赤浦との縁も一度はそこで切れた――はずだった。

しかし、教育事業に光明を見出し、ナガサキ・アンド・カンパニー株式会社を黒字化させたところで、ふと自分の立ち位置を見失いつつあることに僕は気が付いた。

自分が一生を賭してやるべき仕事は、本当にこれなのか。

教育に思いがあるからこそ、自身がさらに大きなチャレンジに挑む姿を見せるべきではないのか。

そう自問自答するうちに迷いは増幅し、結果的に僕は、すべての新規案件の受注をストップし、さらなるビジネスの発見と開発に躍起になった。その過程で再び、赤浦との縁が繋がったのだ。

己の身勝手さに羞恥の気持ちがなかったわけではないが、あらゆる可能性にすがりたい一心の僕を赤浦は受け入れてくれ、「では、もし永崎さんをCEOとして迎えるのにふさわしい事業案が見つかったら、すぐにご連絡しますね」と言った。

あるいは単なる社交辞令であったのかもしれない。僕としても、自分の中にくすぶる野心の正体が完全にはつかめずにいる中で、そうやすやすと答えが得られるとは思っていなかった。これが、この日のわずか三日前のことだった。

これまで、取り立ててロケットに強い関心を持ったこともなく、せいぜい学校の天体望遠鏡をのぞいたことくらいしか宇宙との接点を持たずに生きてきたことを思えば、宇宙産業はいかにも無謀な挑戦だったろう。

しかし僕は今日、日本初の宇宙商社・スペースBD株式会社の代表取締役として、宇宙をフィールドにビジネスを手掛けている。

といっても、ロケットを作っているわけではない。衛星を打ち上げたい、宇宙空間で実験を行ないたいという顧客の要望に応じて、そのために必要なサポートやコーディネートのすべてを担うのが業務のメインだ。

スペースBDは二〇一七年に設立したばかりの名もなきベンチャー企業に過ぎない。それでも二〇一八年にはJAXA初の事業化案件の受注に成功し、ISS（国際宇宙ステーション）からの超小型衛星放出事業の選定事業者として実績を残した。これまで官需で成立してきた日本の宇宙産業において、これは画期的であり、誇るべき第一歩と言える。同じ年には、NASAとの協業も果たした。

以降、スペースBDは顧客が作った小型衛星をロケットに載せて、地球から四〇〇キロ離れた宇宙を周回するISSに運んだり、あるいはISSの船外実験装置「i-SEEP」の利用サービスをマネージしたり、様々なニーズに応えながら成長してきた。

日本政府が「宇宙産業ビジョン2030」を発表し、民間の参入を促進する計画を次々に打ち出している今、宇宙市場はこれからいっそう拡大していくことになるだろう。

事実、現在三〇兆円規模の宇宙産業は、二〇三〇年代には七〇兆円市場に成長するとの予測もある。国内にかぎっていえば、今のところは一兆円を少し超える程度に留まっているが、宇宙とベンチャー、未知のもの同士の掛け算には、無限の可能性が秘められているに違いない。

二十一世紀を迎えて久しい現代、宇宙への注目度は高まる一方である。

未知で広大な空間は、研究対象としても事業領域としても魅力的で、こうしている今も世界中の研究者やビジネスパーソンがしのぎを削っている。

そんな中、社員数名のベンチャー企業が、設立からわずか三年で「宇宙の総合商社」として世界に名を売る存在になるまでには、まさに山あり谷ありの連続で、想定外の苦難も多数あった。

この物語は、何者かになりたいと渇望し、あがき続けた一人の起業家が、七転八倒しながら宇宙産業にたどり着いた足跡を綴る、大きな失敗談と小さな成功体験の集積である。

あくまで道半ばの身ではあるが、そこにはかつての僕と同じように現状にそこはかとない不満を抱える人や大きな夢を抱く人にとって、何らかの刺激やヒントが少なからず内包されているのではないかと思う。

時に不甲斐なく、時にがむしゃらで暑苦しくまい進し続けてきた男の物語に、最後までお付き合いいただければ幸いだ。

第1章

僕が人生をリセットした理由

屈辱の再会

とにかく、金がなかった。

まとまった貯蓄もなければ、目先の収入のあてもない。それでもこうして生きて呼吸をしているだけで、わずかばかりの手持ちのキャッシュは着実に減っていくのだから、焦りは募るばかりだ。

こんなはずじゃなかった——。

ここのところ、定期的に脳裏をかすめるその想い。

頼みの綱としては、大手商社に勤めていた頃、持株会に入っていたおかげで、まだいくらかの株式を所有していることだった。今はこれを切り売りしてしのぐしかない。しかし、このままではそれもやがて底をついてしまうだろう。僕はすっかり途方に暮れてしまっていた。

これほど経済的に困窮したのは、生まれて初めてのことだった。この社会で一端に生計を立てることがこれほど難しいとは、会社に守られていた頃には露ほどにも思わなかった。今更ながら、自営業で二人の息子を大学まで出してくれた親の偉大さを思い知らされる。

昨年――二〇一三年の秋、日本の五大商社のひとつに数えられる日ノ本物産を飛び出した際には、輝かしい未来が待っているものと信じて疑わなかった。

自分なら何か大きなことがやれるに違いない。多少の苦労はあれども、一角の人物として身を立てる術を見つけ、必ずそれを成し遂げられるはずだ。そんな、根拠のない自信を持っていた。……今となっては実におめでたい話であり、とんだお笑い草である。

そんな漠とした自信や期待は、この一年間のうちに、ものの見事に打ち砕かれてしまった。

大手総合商社出身という経歴のおかげで、いくつかの事業の誘いが舞い込みはしたものの、いずれも実を結ぶことはなく、それどころかこの世の中がいかに嘘や裏切りにあふれているかを思い知らされるばかり。独立起業だと鼻息荒く会社を辞めたはいいものの、結局、何もかもが思い通りにいかず、一人の力でサバイブすることがどれほど困難であるかを思い知らされた。

それでも絶望せずにどうにかギリギリのところで前を向いていられるのは、大学時代に体育会で心身を鍛えられた賜物か、あるいは商社の泥臭い営業現場で揉まれた経験のおかげというほかないだろう。

しかし、こうしている今も、限界は確実に近づいている。一旗揚げるより前に、とにかく目先のお金が必要だ。

「——あれ、永崎さんじゃないッスか」

雑踏の中、信号待ちの交差点でたたずむ僕の背中に、突然そう声がかかった。振り向くとそこには、日ノ本物産時代の後輩の姿があった。名をムラヤマという、年次でいえば二年下の後輩だ。退職してから顔を合わせる機会は一度もなかったから、およそ一年ぶりということになる。

「ムラヤマじゃないか、久しぶりだな！」

思いがけない再会に、僕がぱっと顔を明るくすると、ムラヤマが軽く敬礼をするような所作で「ちっす」と左手を上げて見せた。右手にはスマートフォンが握られ、イヤホンのコードが耳まで伸びている。

「どうしてるんだ、元気にやってるか」

「ええ、こちらはぼちぼちですけど。永崎さんこそ、今は何やってんスか？」

「え、ああ……。まあ、それなりに忙しくやらせてもらってるよ」

思わず口をついた強がりに、ムラヤマは控えめに「ふうん」という表情をつくって見せた。偶然の再会を喜ぶ様子はあまり感じられない。

「……いろいろ大変だと思いますけど、頑張ってくださいね。自分、ちょっと急いでますんでこれで」

早口にそう言うと、ムラヤマはバイバイをするように小さく左手を振り、足早にその場を去っていった。

「おう、またな」

僕もそう言って右手を挙げた。後に残ったのは底の見えない虚無感だけだった。

日ノ本時代のムラヤマは、僕を大いに慕ってくれていた。社内で僕を見つけると、すぐにすっ飛んできて「聞きましたよ、また大きな仕事を任されたらしいですね」とか、「俺も早く永崎さんみたいなステージで活躍したいなあ」などと言って目を輝かせていたのを思い出す。

実際、当時の僕は重要案件を次々に任され、上司からも期待されていた。

――それがどうだ？　今や猫のように背中を丸め、少しでも気を緩めるとため息がこぼれ出てしまうこの有様は。

身なりや見た目は昔と変わっていなくても、きっと醸し出す雰囲気は大きく異なっているのだろう。日ノ本時代なら、ムラヤマがイヤホンも外さず、片手を上げるだけの挨拶を僕に向けることなど、まず考えられなかった。

つまりはそれが、今のムラヤマの中での僕の立ち位置なのだろう。

そう考えると、悔しさよりも惨めさが胸中に広がり、何ともいえないやるせなさが込み上げてくる。

信号はとっくに青に変わっていたが、僕はしばらく立ちすくんだまま、その場から動くことができなかった。

夢の舞台は商社から

二〇一三年の夏。日ノ本物産・東京本社の会議室の一角で、僕はありったけの力で奥歯を噛み締め、募る苛立ちを抑え込んでいた。

「……まあ、今回はしょうがないよ。本部長はA案についても、一定の理解を示してくれていたんだ。そのうえで、様々な事情を鑑みて今回はB案を採用しようというのが上の判断なんだ」

上司のヤマギワは、僕をなだめるような口調でそう言った。

今回のプロジェクトはA案で押す。部内の総意で、そう決めていたはずだった。そのために僕は後輩たちと一緒に何日も深夜残業を重ね、必死に資料の準備をしたのだ。

A案とは、これから海外でスタートする新規事業のパートナーに、現地企業のY社を選定する案で、Y社が持つ現地のコネクションを存分に活用させていただこうというプランだった。Y社は中堅企業で、規模や知名度では大手に敵わないものの、これまでの実績から日ノ本とも強固な信頼関係が築かれている。もちろん、与信的にも何ら問題はない優良企業だ。

腹案として、国内大手のZ社をパートナーとするB案を用意してはいたが、こちらはあくまで「プレゼンでは必ず対案を用意しなければならない」という社内のセオリーを踏まえたものに過ぎない。いわば便宜上の捨て案であることは、ヤマギワを含めたチーム全体の共通認識であるはずだった。

このプロジェクトを成立させられれば、きっと大きな成果があげられる。誰もがそう信じていたからこそ、強いモチベーションをもって今日まで取り組んできた。そして、プロジェクトを成功させるためには、間違いなくA案が必要だったのだ。

ところが、本部長との会議を終えて戻ってきたヤマギワは、僕らの期待とは真逆の結論を持ち帰ってきたのだから驚いた。

「本部長の一存で、今回はB案で行くことになった」

その第一声を聞いて、僕は思わず耳を疑った。

「は!? A案の間違いではないですか」

「いや、B案だよ」

「一体なぜ? 綿密なシミュレーションを重ねたうえでA案を最善とすることは、チーム全体で共有していたはずじゃ……」

思わず声を荒げる僕に、ヤマギワは面倒くさそうに眉根を寄せた。

「永崎の言うことはもっともだよ。実際、利益や成果を第一に考えれば、A案こそが最善なのは間違いないと俺も思う」

「では、なぜ! 本部長には何と伝えたんですか!」

「うーん……。簡単に言うと、B案の方が日ノ本物産らしいのではないかと本部長はおっしゃるんだ。これには俺も一理あると思う」

「日ノ本らしさ? 何ですかそれ」

「お前の言ってることは正論だけどさ、うちはそういう会社じゃないの、わかってるだろ? 日本を代表する総合商社として、大切にしなければならないものがあるんだよ」

「でも、それじゃあY社の皆さんになんと言えば……。それに、徹夜をして頑張ったチームの連中だって、到底納得しませんよ!」

「もう決まったことなんだよ」

「……」

「これは決定事項だから、現地のパートナーと他のメンバーにもうまく共有しておいてもらえるかな。頼むよ」

ヤマギワはそう言って僕の肩をぽんと叩くと、逃げるように会議室から出て行った。

噛み締める奥歯にいっそう力がこもる。冷静さを取り戻すまでには数分の時間を要した。

そして、最初に頭をよぎったのは、「パートナーとチームの皆に何と説明すればばいいのだろう」ということだった。

これは結局、もともと本質的な意思決定など望めない、出来レースのようなプレゼンだったのだ。パートナーとこれまで重ねてきた時間、一丸となって頑張ってきた皆の努力の意味は何だったのか。

一人取り残された会議室で僕は、力なく肩を落とした。


僕が総合商社を就職先に選んだのは、世界を股にかけて取引を展開するこの業種に、学生時代にはあり得ないダイナミズムを感じ取ったからだった。

大学ではテニスに明け暮れるばかりで、海外旅行の経験すらなかった僕だが、日ノ本物産は体育会育ちの九州男児を、むしろ商社の泥臭い営業に向いていると評価してくれたらしい。二〇〇三年に晴れて入社が決まると、僕は人事部に配属された。

商社における人事部とは、将来有望と目される人材が経験する、キャリアアップのポストである。

手前味噌だが、一六〇人を超える同期の中でも、僕に対する会社側の期待値はそれなりに高かった。入社からわずか三カ月目で、「人事部の中で最も学生たちに立場が近い」との理由から、就活生向けの企業説明会に登壇し、自社をプレゼンテーションする大役も任された。

その反面、商社の仕事の全容については、入社した後もよく理解できずにいた。日本有数の総合商社だけあって、手掛ける領域があまりにも手広かったからだ。

少しでも勉強しようと日経新聞を購読し始めたものの、読んでも意味がわからないことばかり。このあたりは学生時代、テニスに明け暮れてばかりいたツケというしかないだろう。

しかし、体育会で養われたガッツと反骨心には自信がある。「学生たちの見本にならなければならない立場なのに、これではいけない」と向上心を滾らせて、必死に食らいつくように勉強に励んだ。

……と、こう表現すると若手の頑張り屋さんというイメージに思われるかもしれないが、実際のところ、僕には昔からええかっこしいな気質がある。〝ダサい自分〟を見られたくないとの思いは人一倍強いし、自分自身が認められる人間でありたいとの気持ちは何よりも強かった。

見栄っ張りと言われればそれまでだが、そうした自分なりの美学が時に強い原動力となり、頑張りを生むのだから、そう捨てたものでもないだろう。

僕は毎日、業務を終えた後も遅くまで文献や社史をあたり、商社の仕事や日ノ本物産について勉強をした。おかげで単に商品を右から左に捌くだけが商社の仕事ではなく、資源開発などの大型投資から投資先の経営まで、非常に多彩な事業に手を染めていることをあらためて知ることができた。

その一方で、人事の仕事にも全力を尽くした。

たとえば、ある程度まで採用選考を進んできた学生については、名前や学校名、経歴などをできるかぎり前夜のうちに暗記するようにした。

「早稲田の山本くんですね、来てくれてありがとう」

そんなふうに名指しで学生に声をかけると、学生たちは当然、一様に驚いた顔を見せる。僕自身も経験があるが、人事担当者が自分の顔や名前を覚えてくれているのは、就活生にとってとても嬉しいことだ。

ちなみに企業説明会などの場で、大勢の前で話すことに特別な抵抗感はなかった。中学校の頃から生徒会長を務め、人前で話すことに慣れていたからだ。

言葉を選びながら、抑揚をつけて話す。

慌てずにゆっくり、聴衆を見渡す。

そんな話し方が身についたのは、間違いなく生徒会時代の経験の賜物だ。それに加え、生来の野太い声も、大勢の学生が詰めかける説明会には都合が良かったかもしれない。

大勢を前にしても、緊張することはあまりなかった。これは幼少期の父親の教育が物を言っているのだろう。

地元で自営業を営んでいた父は、いわゆる古き良き九州男児を地で行くタイプで、僕と三歳上の兄にとっては愛情と厳格さを併せ持つ大きな存在だった。

躾というよりも人格形成に対して熱心な一面があり、たとえば幼い頃に遊園地へヒーローショーを観に連れて行ってもらった時に、突然こう言い出したことがある。

「将利、お前は引っ込み思案なところがあるから、それを直さなければ将来立派な男になれないぞ。見ていてやるから、あのステージに上がって一曲歌ってこい！」

開演前のステージにはまだ誰も立っていなかったが、周囲にはすでにちらほらと家族連れが集まり始めている。

これにはかたわらの母もびっくりしていたが、言い出したら聞かない人であることは僕らが誰よりもよくわかっていたから、従うしかなかったのだろう。僕は恥ずかしさに押し潰されそうだったが、それよりも父のほうが怖い。結局、観念してステージに上がり、僕は当時流行っていた仮面ライダーの主題歌を喚くように最後まで歌いきった。ショーの本番を待つ家族連れが、お弁当を食べる手を止めて啞然としていたのが今も忘れられない。今となっては、幼い子どもに一体何をさせているのかと、ちょっと滑稽に感じるエピソードだ。

こんな話が永崎家にはたくさんある。当時は父の機嫌を損ねたくない一心だったが、こうした鍛錬によって胆力が養われたのは事実だろう。実際、極端に厳しかった父だが、それも立派な人間に育てたいとの一心で嫌われ役を買って出てくれていたのだと、今は理解している。

おかげで大人になってからも、臆せず人前に立つことができる。これは間違いなくひとつの武器だろう。どのような場面であっても、スピーチは話術より胆力が重要だという、確かな実感がある。父の無茶ぶりは愛情だったのだ。

学生たちの僕に対する評判は上々だった。

就活生向けのネットコミュニティでは名指しで高評価をいただくこともあり、人事部内で鼻の高い思いをすることもしばしばあった。中には僕のスピーチをきっかけに日ノ本物産を第一志望に決めたと言う学生もいたほどで、それがいっそう僕のモチベーションに繋がった。

ビジネス誌が毎年発表している就活生の人気企業ランキングで、日ノ本物産が初めてライバル会社の四菱商事の上位につけたのもこの年だった。それが自分の手柄だなどとのたまうつもりはないが、それでも採用担当として気分が良く、若い自分にとって最初の成功体験だったと言える。

そんな僕だが、時には愚直さの度が過ぎて、上司にたしなめられることもある。

有望な学生を一人でも多く採用しようと使命感に燃えていた僕は、内定後、他社と日ノ本物産を天秤にかけて悩んでいる学生を見つけると、こちらから声をかけ、自腹で食事やお酒を奢ることがたびたびあった。

ある時、それに気付いた上司から、食事代をどうしているのかと聞かれたことがある。

「自腹で負担していますが……」

「何だって？　それじゃあいくらあっても足りないだろう」

「いいえ、幸い今はお金を使う時間もないですし、そうでもありませんよ」

本心からの言葉だったが、上司は苦い顔をしている。

「いいか永崎。お前の財布から経費を負担している時点で、それはプライベートな活動になってしまうんだ。企業の採用活動として、決して正しいやり方とは言えないぞ」

「すいませんでした……。止めたほうがいいでしょうか」

僕としては会社のために良かれと思ってやっていることだったが、プライベートとの線引きは確かに大切なのだろう。

僕は昔から、こうして熱意が空回りして周囲を呆れさせることがしばしばある。またやってしまったか、としょんぼりして行動を改めようとしたところ、上司はこんな言葉を僕にかけてくれた。

「お前のやる気は認めるし、評価もしている。だからな、永崎。次からはちゃんと領収書をもらってこい」

「え……」

「できればこれまでの分も、使ったお店に連絡をして、できるかぎり領収書を発行してもらえ。それは会社で負担すべき経費だ」

僕は思わず、上司の顔を見た。

行動をとがめられるのかと思いきや、認めた上で軌道修正を促してくれたことは、何か大きな力にサポートされている気持ちにさせられた。これは学生時代にはなかった感覚だ。

それ以来、僕は学生に声をかける際には、必ず領収書をもらうようになった。自分は自分らしく頑張ればいい。そしてこの体験から、自分はあくまで日ノ本物産の一員なのだと、本当の意味で認識することができた。

社会に出たばかりの僕にとり、これは最初の大きな成長のきっかけだった。


その後もミスや空回りがなかったわけではない。時にはつまらない凡ミスによって、上司や先輩から大目玉を食らうこともあった。

しかし、どれだけ怒られてもやる気を失うことはなかったし、失態を行動力でカバーしようという気概は人一倍持っていた。

一方では寝る間も惜しんでできるかぎり会社や社会のことを学ぶ日々。

そして入社から三年が経ち、異動の時期が近づいてきた。


僕の人事部での働きぶりを、会社は高く評価してくれていたらしい。それは上司から かけられたこんな言葉にも表れている。

「お前、次はどこの部署に行きたい？　どこでも好きなところを挙げてみろ」

「え、異動先って自分で選べるものなんですか？」

上司は「まさか」と笑った。

「サラリーマンなんだから、そんなわけないだろう。でもな、有望な若手にはできるだけ望むキャリアを積ませてやりたい土壌はある。希望を言ってみろよ」

後から聞いたことだが、やはりこれはかなり異例のことらしい。入社三年目の新人に選択肢が与えられることなど、自由闊達を旨とする日ノ本物産であっても、本来はあり得ない。がむしゃらに頑張った人事部での三年間が、こういう形で評価されたのは誇らしいことだった。

しかし、異動先を選べと言われても困ってしまう。何しろ日ノ本物産の業務はあまりにも広過ぎた。

そこである日の終業後、僕は会社の組織図を広げ、あてもなくながめてみた。

入社三年目からの職場というのは、おそらく会社員として中堅に差し掛かるまでのキャリアを育む、重要なポジションになるだろう。つまり、僕の一生を左右することになるといっても、決して過言ではないはずだ。

——そう考えだすと、組織図とどれだけにらめっこしても、一向に結論は出なかった。

花形部門か、不人気部門か

僕は日ノ本物産が大好きだった。三年過ごしてみて、これほど自分を成長させてくれる環境は他にないという確信を得た。これは上司や先輩に恵まれたことも大きいのだろう。

終身雇用神話が下火になって久しいが、その気になれば世界を動かすことだってできるこの企業の中で、僕は大きな仕事を成し遂げたいと意欲をみなぎらせていた。

また、日ノ本物産という企業を知れば知るほど、この会社が世界に与える影響力の大きさを実感させられた。製造業からエネルギー、インフラ開発まで、ありとあらゆるジャンルで力を発揮する日ノ本には、若い自分には計り知れないスケール感があった。

「この会社の中で重役に就けば、実現できないことなどないのではないか――」

大真面目にそう思うようになったのも、僕に言わせれば極めて自然なことだ。

では、具体的に社内でステップアップするためにはどのようなキャリアを積むのが得策なのか？　最も人気があるのは鉄鉱石部門だった。

商社の仕事は本来、商材のトレードによって中間利益を得るのが主たるモデルだが、日ノ本物産はこの頃、投資に軸足を移しつつあり、鉄鉱石部門は海外鉱山への投資で大きな利益を生み出している花形だった。

急成長する中国企業の鉄鉱石需要もあり、僕が入社したときには三〇〇億円ほどだった日ノ本物産全体の純利益は、わずか三年で一二〇〇億円にまで増えていた。そのうちの三、四割を鉄鉱石事業が占めていたのだから凄まじい。

人事部から鉄鉱石部門への異動となれば、キャリアパスとしていかにも華々しい。それは将来的に会社の第一線で活躍したいと願う僕にとって、理想中の理想と言える。

ところが――。

「鉄鋼製品部門を希望します」

僕のそんな言葉を受けて、人事管理担当の次長は大いに戸惑った。

「鉄鉱石の間違いじゃないのか？」

「いいえ、鉄鉱石ではなく鉄鋼製品をやりたいんです」

「一体どうして？　あそこはコテコテの接待で仕事を作る、昔ながらの泥臭い営業が求められる現場だぞ。何も自ら望んで行かなくても……」

鉄鉱石ではなく鉄鋼製品。いささか紛らわしいが、この両部門には大きな違いがある。

鉄鋼製品部門は資源としての鉄ではなく、製品になった鉄の売買を手掛ける部門である。細かな利ざやを積み重ねてようやく数億円に達する地道な分野で、同じ鉄でも鉄鉱石部門とはビジネスモデルも売上規模も段違いだ。社内的にも鉄鋼製品部門は最も人気がない部署であると言っても過言ではないから、次長が驚くのも当然だろう。

「仕事内容はちゃんと理解しています。そして失礼ながら、あまり人気がない部門であることもよく知っています。でも、あえてそこでやってみたいんです」

あるいは青臭い言葉だと思われたかもしれないし、単なる若者の格好つけと思われたかもしれない。そして、それは決して間違ってはいなかったと思う。ここでも〝ダサい自分〟を見せたくないという気持ちが働いたのは事実であったし、ここでいうところの〝ダサい自分〟とは、安易にエリートコースに飛びつく自分の姿だからだ。

そういえば同期の一人である佐藤からは、「お前の九九％は見栄でできているよな。バファリンとは大違いだ」とよくからかわれたものだ。確かに、自分がカッコいいと思う理想像を描いたら、たとえ能力が足りていなくても構わずそこへ向けた意思決定をするのは、僕の特徴かもしれない。

若い頃なんて誰しもそんなものかもしれないが、ただ、僕の場合はその度合がちょっと過ぎたようだ。

僕は人事部での三年間で、「鉄鋼製品部門への配属だけは勘弁してほしいなあ……」とぼやく新入社員を山ほど見てきた。

しかし、人事としてはどれだけ不人気部門であろうとも、毎年一定の人員をそこに配置しなければならない。つまり不人気部門は人事泣かせの部門なのだ。

一方で心の中では、なぜ皆がそれほど鉄鋼製品部門を敬遠するのかという、素朴な疑問もあった。

だったら、皆が嫌がる部門に自ら乗り込んでいく気概を、自分が見せてやりたい。おまけに花形コースを蹴って自ら茨の道を選んだとなれば、これはなかなか男らしい選択なのではないか。

もちろん、不安がなかったわけではない。

鉄鋼製品は世界の企業と取り引きをする部門であるのに、僕は英語がまったくといっていいほど話せなかった。本当に鉄鋼製品部門に配属されたとして、果たしてどれほど戦力になるのかは疑問だ。

「なあ永崎、もう少し考えてみたらどうだ？　お前の人事部での実績を踏まえれば、ちょっともったいないぞ」

「いえ、どうせなら厳しい現場で商社の売買を覚えたいんです。だったら鉄鋼製品が一番じゃないですか？」

「うーん……」

次長は呆れたように肩をすくめたが、これは紛れもない本心だった。

人事部で過ごした三年の中で、本当の意味での商社の仕事をこなすには、何よりも売買の経験が必要であるということを、多くの先輩や上司から聞かされてきた。時に厳しい条件、手強い相手と丁々発止の商談を経て取り引きをまとめる。そんな経験を重ねて初めて、商社マンとしての強靭な足腰が養われるのだと僕は信じていた。

そして、人事部で一定の成果を出した自分であれば、いかに厳しい現場であっても、そこで実績をあげ、自身を成長させることは決して不可能ではないと思っていた。

僕の決意が固いと見るや、次長は最終的に「わかった」と納得してくれた。きっと、とんでもない変わり者か、大馬鹿野郎と思われたに違いない。

果たして、僕の希望はすんなり通ることになり、話はすぐに社内に広まった。

「あいつは自ら好んで鉄鋼製品部門へ行ったらしい」

「何でわざわざ……」

「でも、男気があるよな。人事部で、次を選べたらしいのに」

そんな風評が耳に飛び込んでくるのは、満更でもないことだった。

ちょっとカッコつけ過ぎたかな？　……と思わなくもなかったが、僕なりに十分考えた上で出した結論だったから、後悔はまったくない。それどころか、これまで僕をやっかんでいた先輩たちが、鉄鋼製品部門を選んだ途端、肯定的に見てくれるようになったことが嬉しかった。

そして彼ら以上に驚いたのが、当の鉄鋼製品部門の人々である。

彼らにしてみれば、まさか社内に志願兵がいるとは思っていなかっただろうし、ましてそのエリートコースと言われる人事部から人材を受け入れるなど想定外のことだったはずだ。

大事に育てなければいけない。潰してはいけない。鉄鋼製品部門の先輩たちはそう考え、僕を大いに歓迎し、トレードのいろはを事細かに指導してくれた。

鉄鋼業界の洗礼

覚悟はしていたつもりだが、鉄鋼製品部門での仕事は想像以上にハードなものだった。

僕のメインの担当は、会社にとっても重要な取引相手となる、株式会社東亜製鋼所。この部門の中で最も付き合いが長く、そして最も売り上げが大きい上客だ。

しかし、期待のルーキーとして扱われ、意図せずともどこか得意げになっていた僕の鼻は、異動してすぐにポッキリと折られることになる。

この業界には明確なヒエラルキーが存在している。なぜなら、東亜製鋼所の社員には、日本の産業全体を支えているという強い自負があり、あくまで物を造っている自分たちこそが価値であるという、強烈な自信を持っているからだ。

そんな彼らの立場からすると、自分たちが汗水たらして造り上げた製品を、右から左へ倣いて利益を得ている商社は、どうしても対等に見ることはできないようで、すべての取り引き商社にとってもまた、彼らは頭の上がらない存在だった。

たとえば、商談に用いる資料にしても、本来であればビジネス文書に倣ってA4サイズ縦位置のものが一般的だし、書類をパワーポイントで作成するケースも多いが、この現場ではワードで作成したA3横位置のものを使うのが通例となっている。これは東亜製鋼所社内が昔からそうした書類の作り方をしてきたことに合わせたもので、それがそのまま日ノ本社内にも定着してしまった形だ。

また、目当ての担当者を訪ねた際に、廊下に並べられた丸椅子で延々待たされるようなことも珍しくない。僕らのような総合商社はまだマシで、長くても一時間ほどの待ち時間で済まされるが、取引額の少ない中小の商社は、半日近く丸椅子で待たされることもあった。

とにかく一事が万事、過剰なクライアントファーストを求められる世界であり、これこそがまさに〝泥臭い〟営業の現場なのだと、僕は大きなカルチャーショックを受けたものだ。

配属から数日後のことである。

新人担当者として挨拶するため、僕は先輩社員に連れられて東亜製鋼所を訪れた。

初めて会う東亜製鋼所の担当者は、どこにでもいそうな四〇代の小太りなサラリーマンだった。

言葉遣いこそビジネスマンらしく丁寧であったが、どこか高圧的な雰囲気を発していたのをよく覚えている。

出会い頭から新人である僕には目もくれず、先輩社員に「商社は景気が良さそうで何よりだよな」とか、「楽して儲けられるビジネスは羨ましいよ」などと、チクチクやっている。

当の先輩社員は慣れているようで、愛想笑いでかわすばかり。しかし、そのうち矛先が僕に向いた。

「新人くん、名前何だっけ？」

「はい、永崎と申します！　どうぞ宜しくお願い申し上げます！」

最初が肝心とばかりに、できるだけハキハキと声をあげ、大きく腰を折って頭を下げる僕。

「ま、うちとの付き合いはいろいろ大変だと思うけどさ、頑張ってよ」

「はい、頑張ります！　ありがとうございます！」

「ところでさ、それどこのブランド？」

担当者の目は、僕の腕時計に向いていた。入社二年目に百貨店で一目惚れし、奮発して購入したものだった。

「これはＩＷＣというメーカーの時計です！　スイスの老舗ブランドのひとつで……」

僕なりに話を広げようと必死だったが、その言葉はすぐに遮られてしまった。

「いや、ＩＷＣくらい知ってるよ」

「あ、そうですよね……失礼しました。時計、お好きなんですか？」

「いや別に。若いのにいい時計してるなあと思ってさ」

「ありがとうございます！」

「いいよね、商社はさ。誰に稼がせてもらっているんだっけね」

僕は不覚にもそこまでストレートに言われるまで、これが褒め言葉ではなく嫌味なのだと気付かなかった。

「それもみんな東亜製鋼所さんのおかげですよ。なあ永崎」

先輩社員が白々しく取り繕う。

「は、はい……」

僕はそう答えると、東亜製鋼所の担当者は興味をなくしたように話題を変え、二度とこちらを見ることはなかった。


帰り道、先輩と歩きながら、僕はすっかり気分を滅入らせていた。

とんでもない業界に来てしまった。カッコつけて鉄鋼製品部門なんか選ばず、素直に鉄鉱石部門に行けばよかったのかもしれない。

「先輩。僕、先方の機嫌を損ねてしまったでしょうか」

「時計のことか？　気にするな。高そうな時計を見て嫌味のひとつくらい言ってみたいと思っただけさ」

「こんなことなら、学生時代から使ってる安時計を着けてくるべきでした……。すいません」

「バカ、そんなこと言うな。似合っているじゃないか。俺はいい時計だと思うよ」

僕はただただ力なくうつむく。

「今日はお初だったからな。どんな身なりでやって来ても、彼らは何かしら理由を見つけて、ああしてツッコんできただろうよ。このくらいでいちいちへこたれていたんじゃ、とてもこの先もたないぞ？」

「はい、ありがとうございます……」

「頑張ってくれよ。何しろ彼らは、これからはお前のお客さんでもあるんだからな」

たかが嫌味、されど嫌味。意気揚々と転属してきた僕の出鼻をくじくには、十分な出来事だった。

人事部時代にはあり得ない、理不尽にも思える明確な上下関係。僕はあらためて商社の仕事の難しさを痛感した。

それでもすぐに気持ちを立て直すことができたのはきっと、今さら再異動を申し出るのはあまりにも格好悪いという、自分なりの美意識の賜物だろう。

重々承知していたつもりでいたが、やはり付け焼き刃の仕事では通用しない世界なのだ。落ち込んでいる暇があったら、業界や目の前の顧客についてさらなる研究に励み、自分に何ができるのか、どうするのがベターなのか、自分をブラッシュアップしていかなければならない。

そしていつか、「永崎と仕事をしたい」、「永崎に任せたい」と東亜製鋼所のほうから言われる存在になってみせよう。

入社三年目。本当の意味で商社マンを目指すスイッチが入った瞬間だった。

大失態！

それ以降、僕は貪欲に学び続けた。

この世界での商習慣のすべてを身につけるつもりで、先輩の仕事ぶりをかじりつくように観察し、新聞その他で業界動向を余さず押さえることを徹底した。

僕らが取り扱うのは主に熱延鋼板と呼ばれる鋼材で、製品の中でも上工程の商品だ。加工されて自動車や電気機器など幅広い用途に使われる、製品だけど原料のような商品だった。加熱炉で加工する熱延鋼板に対し、冷間圧延機を用いた冷延鋼板というもうひとつ下工程の鋼材も取り扱っていたが、売上規模では何倍もの差があり、主力はあくまで熱延鋼板だった。

知識も実力もまだまだ未熟で、東亜製鋼所の担当者にはなかなか認めてもらうことができなかった。嫌味のひとつも言われればまだいいほうで、基本的には無視されるばかり。それでもどうにか存在をアピールしようと頑張ることとしか僕にはできない。

そんなある日。ヨシオカという東亜製鋼所のマネージャーから連絡を受けた。

「——なあ。例のカナダの案件、どうなってる？」

ヨシオカは北米エリア担当のマネージャーで、東亜製鋼所の面々の中でもきっての武闘派といえるほど、とくにあたりのキツい人物だった。

この時、僕は東亜製鋼所の製品をカナダの事業者に売り込むプロジェクトを担当していたのだが、事業者と直接向き合う日ノ本物産の北米駐在員と今ひとつ密に連携できず、四苦八苦していた。

ヨシオカにせっつかれる形で、僕は慌ててカナダの事業者に再度連絡を入れたところ、「もう他社さんの製品に決めてしまいましたよ」とあえなく撃沈。

でも正直、この時期はどやされるばかりの毎日だったから、「また成果を出すことができなかったか……」と、半ば自分の不出来にも慣れ始めていた。これが甘かったのだ。

すぐにヨシオカにメールを打ち、「今回は他社さんの製品に決まってしまったようです。力不足で申し訳ありません」と伝えたのだが、この対応にヨシオカは烈火のごとく怒りを顕にした。

あまりの激昂ぶりに、すぐに参上してお詫びしようと東亜製鋼所のオフィスに到着すると、そこにはまさしく鬼の形相のヨシオカが待っていた。

「お前、一体どういうつもりなんだ！」

「いや……あの……」

「これは今期、絶対に逃せない案件だと言っただろう！　今日まで何をやってたんだ！」

「は、はい！　力不足でした、申し訳ございません……」

「謝ってすむ問題じゃねえぞ、おかげでこっちは大損害だ！」

怒られることには慣れていたはずだが、この日の怒り心頭ぶりは凄まじかった。

何が彼をそこまで怒らせたのか？　後から思うに、当時の僕はやはり認識が甘かったというしかない。

ヨシオカにしてみれば、この四半期の成績を左右する重要な取り引きであったものが、日ノ本物産の若者にあっさりと「すいません、ダメでした」と言われてしまったのだから、たまったものではないだろう。

せめて交渉の過程をつぶさに共有し、「先方はいくらを希望しています」、「競合は〇〇社と〇〇社です」、「ここまで値を下げなければ、〇〇社に持っていかれてしまいます」などと密に相談を重ね、臨場感を伝え、慎重に進めるべきだった。僕はまだ、「永崎がダメだと言うのなら仕方ない」と言われるには百万年早い、頼りない若者なのだ。

おまけにこの時競り負けた相手が、東亜製鋼所の一番のライバル会社であったのだから、尚更だ。

僕はヨシオカの怒りを一身に浴びながら、どうすればこの失態を挽回できるのか、どうすればもっと東亜製鋼所に貢献できるのかを考えていた。


「永崎、お前いったん熱延鋼板の担当を降りようか」

上司からそう声をかけられたのは、それからまもなくのことだった。

「え……。しかし、まだ東亜製鋼所さんとやりかけの仕事が……」

「いや、それはこっちでフォローしておく。考えてみれば、配属早々に東亜の熱延鋼板を担当させたのは、ちょっと荷が重かったかもしれんな。悪かったよ」

「あの、確かに今は失敗ばかりで返す言葉もありませんが、頑張りたいんです」

「気持ちはわかるが、これは俺の決断なんだ。もう東亜にも伝えてある。焦らず、じっくり勉強すればいいさ」

これはショックな出来事だった。

いつもはジェントルな物腰と鬼軍曹的な厳しさを併せ持つ上司が、穏やかな口調で諭すように語る様子に、むしろ事の重大さが滲んでいるようでもあった。

要は、失敗ばかりの状況に業を煮やし、大きな案件の担当を降ろされたわけだ。クビ宣告に近いもので、人事部で期待のホープとして扱われてきた僕にとって、とてつもない屈辱だった。

「しばらく冷延鋼板のほうにまわってもらう。地に足をつけ小さなロットで経験を積んで、それから熱延鋼板に戻ってくればいいだろう」

優しくタオルを投げ入れるような上司の言葉。僕は自分が情けなくてならなかった。

この件については後日、先輩社員から言われたことがある。

僕の担当替えを決めたのは、東亜製鋼所の強い意向によるものであったというのだ。

上司としてはまだ僕に期待を持ってくれていて、少しでも傷つけない采配を振るってくれたわけだが、その温情が嬉しくもあり、残酷にも感じられた。

それでも、この采配は間違ってはいなかったのだろう。

半年以上の間、熱延鋼板の取り引きから離れていた僕だが、上司の言うように小ロットでの取り引きで経験を積んだことで、少しずつこの分野の基礎が身につき始めていた。

熱延鋼板が一度の取り引きで一万トンもの鋼材を動かすのに対し、冷延鋼板は一〇〇トン程度と、実に百倍もの差があるが、当時の僕にはそれが分相応だったようだ。

上司の見立ては正しかった。

やがて、熱延鋼板のほうで深刻な人手不足が生じると、僕に再び東亜製鋼所担当のお鉢が回ってきた。

今度こそ失敗は許されない。しかし、少しは成長して帰ってきたとはいえ、業界ではまだまだキャリアの浅い若僧に過ぎない。

僕は相変わらず小間使いのように扱われ続けたが、闘志にも似た意欲が絶えることはなく、日々の業務にがむしゃらに食らいついていた。

ラッキーだったのは、熱延鋼板担当に復帰して前任者から引き継いだばかりの東亜製鋼所との商談が、僕に代わってすぐにまとまったことだ。そこそこの額の売り上げが立ち、周囲からは「これはお前の手柄じゃなくて単なる棚ぼただぞ」と揶揄されはしたが、幸先のいい再スタートだった。

学び多き銀座の夜

ある晩、東亜製鋼所の担当者から電話があり、飲みの席に呼び出された。僕個人にこうして直々に声がかかったのは、これが初めてのことだった。

もしかすると、ついに自分の存在を認めてもらえたのだろうか――。そんな期待が頭をかすめる。

酒が入れば話も弾みやすくなるし、いい関係性を構築できる機会かもしれない。僕は高揚しながら早足に会社を出た。

銀座には東亜製鋼所の社員がよく通う、『タイアーラ』という高級クラブがあった。僕にとっては初めての銀座である。きらびやかなネオンがそこかしこに散り、目的の『タイアーラ』を見つけ出すのに苦労した。

店の扉の前で、思わず生唾を飲み込んだ。学生時代に通い詰めた居酒屋やバーとはわけが違う。扉の向こうにあるのは、日本経済を動かす大人たちの社交場だ。

おそるおそる重いドアを開け、「失礼します」と少し控えめな声量で発する。

店内は思っていたより広くはないが、絨毯やカーテン、テーブルなどの調度品がどれも豪奢で眩しく感じられた。

カウンターにいた白いドレスの女性と目が合うと、微笑みながら「永崎さんですね。お待ちしておりました」と声をかけてくれた。

案内された席には、よく知る東亜製鋼所の社員三人が飲んでいた。

「おう、来たか。まあ飲めよ」

そう言って迎え入れてくれたのはヨシオカの同僚のコバヤシだった。言われるままに腰を下ろすと、席についていた赤いドレスの女性が水割りを作り始めた。

僕は初めてのクラブに緊張しながら、グラスを受け取り、乾杯をした。

「このたびはお声掛けいただき、ありがとうございます！」

「そう硬くなるなよ。オフィスで話すだけじゃ味気ないしな。たまにはこういう場もいいじゃないか。少しは飲めるんだろ？」

「はい、お酒は何でも飲めます」

元来、僕は酒が嫌いではない。むしろ大酒飲みの部類だろう。酒席での立ち回りに関しても、学生時代からそれなりに鍛えられてきたつもりだ。

正直、この時期はヨシオカの名を耳にするだけで縮み上がるような状態で、東亜製鋼所の受付でヨシオカの名前を書く際に決まってお腹が痛くなるものだから、毎回トイレに行く時間を考慮して早めに到着するようにしていたほどだったが、これは嬉しい宴の席だ。酒が介在するなら座持ちの良さには自信があるし、一気にイメージを挽回できるかもしれない。

三人の機嫌をとりつつ、それでいてでしゃばり過ぎないようバランスに注意を払いながら杯を重ねる。そのうち、彼らは僕に「出身は？」、「大学はどこ？」などと他愛のない質問を向け始めた。自分に興味を持ってくれたことが嬉しくて、僕は声のトーンを上げた。自分自身を知ってもらおうというよりも、座持ちの良さをアピールし、どうにか彼らに気に入られたいという一心だった。

「さて、明日もあるし帰ろうか」

最も年かさの社員のその言葉で、東亜製鋼所との初めての酒席は一時間ほどで終わりを迎えた。

酒の席には慣れていたつもりだが、やはり気を張っていたのだろう。大きな失態を犯すことなく解放されることに、僕は心底ほっとしていた。

彼らが立ち上がるのを見て、僕はお店の女性に慌てて会計を申し出る。三人は「ごちそうさま」と言い、先に店を出ていった。

急なことで手持ちのキャッシュがなく、僕はカードで会計を済ませると、追いかけるようにして店を出た。三人はまだ『タイアーラ』が入ったビルの前で雑談をしていた。

最後に今夜のお礼を伝えようと駆け寄ると、コバヤシが「はい」と僕に手のひらを差し出した。

すぐにはその意味がわからなかった。まさか握手をしようというわけではあるまい。

「え？」

「え、じゃなくてさ。タッケンは？　タクシーチケット」

家に帰るためのタクシーチケットをくれという意味だった。

「あ、すみません。今、持っていないんです」

「おいおい本気かよ。お前、タッケンも持たずに一体何をしに来たの？」

「す、すみません……。次回はちゃんと持参します」

弱りきった僕の姿を見て、ヨシオカが「おいおい、もういいよ。永崎さん、今日は御馳走さま」と取りなしてくれて、その場はどうにか収まった。

そして最後までペコペコと頭を下げることしかできない僕を尻目に、三人は挨拶もなく有楽町のほうに向けて歩き出してしまった。

とっさに追いかけようかと思ったが、おそらく意味がないだろう。

「ありがとうございました！」

僕は彼らの背中に向かって大声でそう言い、深々と頭を下げた。そうすることしかできなかった、と言ったほうが正確だろう。

勘違いして舞い上がっていた恥ずかしさ。彼らの要求に応えられなかった己の至らなさに対する情けなさ。

様々な感情が綯い交ぜになり、僕は何とも言えない気持ちで家路についたのだった。

その後も、週に一度ほどのペースで東亜製鋼所からの呼び出しがあったことは、むしろ幸いと言うべきだろう。

僕は彼らから声がかかるたびに大急ぎで『タイアーラ』に駆けつけ、そのたびに苦労話や自慢話の聞き役に徹し、最後に飲み代とタクシー代を負担した。

ふと、人事部時代の上司が口にしていた「あそこはコテコテの接待で仕事を作る、昔ながらの現場だぞ」という言葉が思い出された。なるほど、確かにその通りの世界だ。

しかし、もともと体育会出身だったことから先輩とのやりとりに免疫があったため、慣れてしまえばさして苦に思うことも無くなった。

何より、彼らとの関係は若い僕にとって様々な学びに満ちていたのだ。

営業マンとしての〝いろは〟を僕に叩き込んでくれた部分は少なくないし、厳しい言葉を投げかけてくれることで、間違いなく僕の成長スピードは上がった。

また、ひとつの商談が決まった際に、彼らと一緒に「乾杯！」と酌み交わすお酒の美味しさは格別で、僕は次第にヨシオカを心から慕うようになっていた。

こうなると面白いもので、実務もコミュニケーションも、すべてが噛み合い始める。相手に認められようと努力するよりも、立場にかかわらずまず自分が相手を認め、受け入れることで、見える世界は変わってくることを僕は実感した。

初めての『タイアーラ』でのやり取りにしても、取引の主従関係からすれば、僕は日ノ本の商社マンとしてあり得ないミスをやらかしている。これを手厳しく経験させてくれたことで、僕は酒の席での立ち位置を十二分に刷り込まれたと言っていい。

また、彼らは彼らで、東亜製鋼所社内外での苛烈な競争にさらされている事情も、やがて理解するようになった。売上げという結果を誰よりも欲しているのは東亜製鋼所の面々で、僕に対する厳しい言葉の数々も仕事への熱意からくるものだ。

もちろん、「そこまで言わなくても……」と内心しょげてしまうことも多々あったが、互いの立場を理解すればするほど、それが決して理不尽とは思わなくなっていった。

要するに僕は、鉄鋼製品取引の最前線で揉まれるうちに、期せずして商社マンらしく磨き上げられていったのだ。

学びの機会は東亜製鋼所の面々だけでなく、『タイアーラ』のスタッフからももたらされた。

ある夏の夜、いつものように『タイアーラ』で二時間ほどの接待を終えると、外はどしゃ降りに変わっていた。

「あーあ、雨か」

ヨシオカが外の様子を見てそうこぼした。

雨の夜の銀座は、タクシーを捕まえるのに苦労する。なぜなら、このエリアは特別措置法によって、深夜一時まで流しのタクシーが制限されており、正規の乗り場でしか乗車できないのだ。そのため急な大雨の際などには、乗り場に長蛇の列ができることも珍しくない。

しかし、彼らを待たせるわけにはいかない。

「すぐ捕まえてきますから！」

僕はそう言うと、店の傘を借りて飛び出した。傘がほとんど役に立たない横なぐりの大雨だった。

僕はひとまず銀座を離れたほうが効率的だろうと判断し、新橋駅に向かいながら空車を探す。

しかし、見つからない。

革靴をぐっしょりと濡らしながら周辺を駆け回るが、空車ランプの点灯したタクシーは皆無だ。

そこでふと思いつき、付近のホテルのタクシー乗り場をあたってみることにした。これは正解だった。多少の順番待ちが必要ではあったが、無事にタクシーを捕まえることができ、『タイアーラ』に戻って東亜製鋼所の面々を乗せる。

三人を送り出した頃には、すでに日付が変わろうとしていた。

僕はびしょ濡れになった上着を丸めて抱え、会計をするために『タイアーラ』に戻った。どっと疲労が押し寄せる。

小さくため息をつくと、その様子を見た『タイアーラ』のママが、「一杯、飲んで行きますか？」と声をかけてくれた。

「いいんですか？　ありがとうございます」

外は湿気で満たされているのに、僕の喉はカラカラだった。

僕は椅子が濡れないよう気にしながら、カウンターの端に座った。店内に客は僕だけである。

「はい、お疲れ様でした」

ママが隣に座り、ビールを注いでくれた。僕は恐縮しながら礼を言い、それをぐいっと喉に流し込む。麦芽の滋養が、喉から胃袋へと流れ込み、エネルギーが充てんされる気持ちになった。

「こんな大雨の中、タクシーを探しに走り回ったのは、とても良かったと思いますよ」

ママが言った。

「そうでしょうか……。皆さん、何のお礼もなく帰っていきましたけどね」

僕は自虐的にそう言って笑った。

「あの方たちは、そういう立場ですから。でもね、見ている人は見ているものよ。言葉だけがすべてではありませんからね」

ママとサシで話すのはこれが初めてのことで、その口調には不思議な安らぎと説得力があった。

多くの客と接してきたからこその含蓄だろうか。毎夜、様々な立場の人間から、愚痴やハッタリ、お世辞や嘘を聞かされてきたことから、彼女にしか見えない真理があるようだった。

この夜はただただ、僕の愚痴の聞き役に徹してくれた彼女は、ナチュラルでスマートな相槌で僕の中に溜まっていたもやを、すべて気持ちよく吐き出させてくれた。

これほど心の内を引き出されたことはない。ママの相槌はどこまでも心地よく、また、要所で返す言葉の中には、深い知識と知見があった。それは、これまで出会ったどの上司よりも高い格調を感じさせる、見事なコミュニケーションの在り方だった。

そして、そんなママの手腕に気付いた瞬間、水商売に携わる人々の本質を、自分はこれまで何一つ理解していなかったことを思い知らされた。

認めたくないことだが、自分はどこか夜の仕事に就く人々に対して、偏見を持っていたのかもしれない。

そう考えると、急速に自分を恥じる気持ちが湧いてきた。


この日をきっかけに、僕は接待の後に一人残り、少しだけ飲んで帰る機会が増えた。

混んでいる時はすぐに帰るように配慮したが、空いている時や人手に余裕がありそうな時は、ビールを一、二杯やりながらママと話をするのが何よりの楽しみになった。

ママとの他愛のない世間話には、銀座ならではの一流の知見がたっぷりと含まれているようで、僕の向上心を刺激した。

ママも僕を歓迎し、気付いたことを指摘してくれた。

たとえば、カラオケの一曲目は自分が歌うこと。そして少し下手に歌うこと。相手のグラスが空になっていても、自分では作らずホステスに任せるのが店での礼儀であること。どれも自分には欠けていたものばかりで、僕は自分のこれまでの接待を反省するばかりだった。

「東亜製鋼所の皆さんは、永崎さんに何を期待しているかわかりますか？」

おもむろにママが僕に問いかけた。

「何だろう。場を盛り上げること……いや、話を聞くことかな。買い値を上げるなんて話は出ないし、そもそも僕にそんな交渉をしても意味がなさそうだし」

考え込む僕の姿を見て、ママはくすりと微笑んだ。

「永崎さんは真面目ですね」

「そうですかね。答え、何ですか？」

「飲み代を払うこと、ですよ」

「ああ、そうか。……そりゃそうですね」

お金以外の面では自分はとくに期待されていない。そう認識するのは寂しいことだった。

しかし逆に、どこかで気持ちが楽になるのを僕は感じていた。

無理に彼らに気に入られようとする必要などないのだ。永崎将利という個人を売り込む必要などないのだ。一生懸命仕事をし、夜の時間も精一杯できることに注力する。

他人に与えられる評価を第一に考えるのではなく、自分の中に確固たる尺度を持つことが大切で、その上で他者からの評価を潔く受け入れること。これが日ノ本物産で得た大きな学びだ。……もっとも、これを実践するのは本当に難しいことなのだが。

ともあれ、ママの単刀直入な指摘を受けて、僕はこの日以来、過度に気負うことなく東亜製鋼所の面々と接することができるようになった。

初めての海外赴任

商社マンとしての日々は、目まぐるしく過ぎて行った。

そのうち『タイアーラ』に行く機会がめっきりなくなってしまったのは、僕に海外駐在の機会がやってきたからだった。

二〇〇七年、鉄鋼製品部門へやってきて三年目。行き先はブラジルである。

日ノ本物産には、審査を通過すれば誰でも二年間、給料をもらいながら海外で学ぶことができる独自の人材開発プログラムがある。最初の一年間は業務に就くことなく、ひたすら語学の習得に専念できるのが大きな魅力で、僕はこの制度を利用して海外へ出る決意をしたのだ。

これが初の海外というわけではなかったが、自分を大きく成長させるビッグチャンス。この頃には東亜製鋼所の担当者たちもそれなりに僕を信用してくれるようになり、さらに大きな仕事ができそうな気配が漂っていた矢先だったから、この決断に迷いがなかったわけではない。しかし、もともと商社を志した時点で、世界を股にかけて活躍したいとの想いは強かった。そして、そのチャンスは若いうちのほうがいいはずなのだ。

「――海外へ行くことになりました。三年間、本当にお世話になりました」

東亜製鋼所に出向いて、いつもの面々にそう報告した時には、一抹の寂しさすら感じた。すると、ヨシオカがこう言ってくれた。

「そうか、せっかく仕事ができるようになってきたのに……残念だな。よし、送別会をやろう」

誰よりも厳しいヨシオカの言葉だからこそ、これは胸に迫るものを感じた。ヨシオカは遠慮なくカミナリを落とす激情型の人物だが、その半面、誰よりも人情に厚い男なのだ。

考えてみれば、人の目を見て叱るというのは、非常にエネルギーが必要なことである。まして社内の部下でもない、取引先の若造相手となれば本来、大きなエネルギーを費やしてまで育ててやる義理など彼にはないのだ。

それでも見捨てることなく、今日まで鍛え上げてもらった事実に、僕はただただ感謝するしかなかった。これからブラジルでどんな経験を積み、そして自分が日ノ本でどのような現場で働くことになるのかはわからないが、きっと東亜製鋼所との仕事で揉まれた経験は、今後のキャリアで物を言うはずに違いない。

僕はそう確信し、そしてヨシオカをはじめとする東亜製鋼所の面々に感謝しながら、鉄鋼製品部門を後にした。

ブラジルでは多くの出会いがあった。

不慣れな海外生活には様々なハードルを感じたし、何よりポルトガル語の習得に苦労したが、そんな学びだらけの日々で自分を助けてくれたのは、テニスだった。

現地でテニス好きな人々と出会えたことから、自然に交友関係が広がり、次第に海外生活の不自由は解消されていった。大学までテニスに打ち込んだ僕の腕前は向こうでも頭一つ抜けていて、いつしか僕がテニスを教え、彼らから言葉を学ぶという関係ができあがっていた。

さらにそこから、仕事以外の繋がりで友人も大勢できた。現地の人々とのコミュニケーションは、僕の視野を大きく広げてくれたものだ。

たとえばある時には、こんなことがあった。

テニスの後、ビールを飲みながら考えごとをしていた時のことだ。友人から唐突に、「マサはいつも難しそうな顔をしているけど、何がそうさせているの？」と尋ねられた。

「え、いや。この先、日本に戻った後、自分はどんなキャリアを積むのかなと、ぼんやり考えていたんだ」

そうポルトガル語で返すと、彼はきょとんとした顔をした。

「マサにとって仕事というのは、そんなに大事なことなんだな。数年先のことを思い悩んで今を楽しめないなんて、もったいないよ。日本人は皆そうなのか？」

「………」

気質の違いと言えばそれまでだが、そのあまりにも軽やかな物言いは、当時の僕には衝撃的だった。

家族を大切にするのも彼らの特徴で、それは「アミーゴ」レベルの友人にも当てはまる。僕がクリスマスの夜に体調不良で寝ていると、「クリスマスに一人で過ごさせるわけにはいかない」と、わざわざ自宅まで迎えに来てくれたこともあった。

なぜ彼らが、よそ者である僕をここまで受け入れてくれたのか、疑問に思わなかったわけではない。それが国民性なのだと言われればそうなのだろう。

しかし、振り返ってみて痛感させられるのは、僕自身、楽しいことも悩んでいることも、常に正直な胸の内を彼らにぶつけてきたことが良かったのではないか、ということだ。

国籍は異なっても、人は本気で嘘のない人間を応援してくれる。どんなに優れた技能や知識を持っていても、それを発揮する場が与えられなければ意味がない。人間関係の扉を開くのは、素直で正直な心なのだと知った。

こうした彼ら特有の距離感は、僕のその後の人付き合いに少なからず影響を与えることになる。


ブラジルでは、その後の僕の進路に大きな影響を与える出会いがあった。

リオデジャネイロ支社長はともと鉄鉱石部門出身で、ある時、僕にこんなことを言ってくれた。

「俺が口をきいてやるから、日本へ戻ったら鉄鉱石へいけよ」

きっと、こっちでの僕の仕事ぶりを評価してくれたのだろう。ありがたい言葉だった。しかし、僕は僕で考えていたことがある。

「ありがとうございます。でも、帰国したら古巣の鉄鋼製品に戻るつもりでいるんです」

「鉄鋼製品？　辛いだろう、あそこは」

「ええ、おかげでたくさん鍛えていただきました。ようやく少しはお役に立てそうなところでこうしてブラジルへ来てしまったので、戻って恩返しがしたいと常々思っていたんです」

「ははあ……。その志は認めるよ、見上げた根性だ。でもな、第二希望でもいいから鉄鉱石って書いておけ。悪いことは言わないからさ」

「はあ」

第二希望なら、という軽い気持ちでこの助言に従ったことで、僕の帰国後の行き先は結局、鉄鉱石部門に落ち着くことになった。

鉄鋼製品に対する未練はあったが、それでも決まった以上は気持ちを切り替えなければならないだろう。

何より、一度は自ら蹴ったこの花形部門に、興味がないわけではない。ならばここで大活躍して、周囲を唸らせてやろう。僕はそう決意を新たにしたのだった。

正式に鉄鉱石部門に配属された僕は、研修で得た語学力と経験を生かして、ブラジル担当を命じられた。おかげでたびたびブラジル出張の機会があり、現地の友人たちと再会する機会が得られたのはラッキーだったと言える。

しかしその僅か二年後、今度はオーストラリア駐在を命じられることになるのだから、日本の商社マンは目まぐるしい。

それでも、出張でも研修でもなく、異国に生活の基盤を置いて暮らすことは、まさしく学生時代から夢見ていた世界なのだから、望むところではある。

オーストラリアのパースにある子会社に出向することになった僕は、資源メジャー相手の仕事を任された。

投資やジョイントベンチャー中心の仕事は、銀座で接待をしていた頃の仕事とはまるで中身が異なる。

まず、扱う金額の規模が違う。売り買いという短期の成果が目に見えるのではなく、中長期視点でお互いの権利を主張する交渉が中心であり、それを契約書に落とし込む。すべてのやりとりは英語で行なわなければならない。

こうして未知の業界で一から学び、商社マンとしての成長を実感できるのは嬉しかったが、不慣れな環境にはストレスも少なからずあった。

そこで気晴らしを兼ねて、同じく日本からの駐在員や研修員たちと一緒に街へ飲みに出る機会がしばしばあった。

パースの街には駐在員御用達の店がいくつかある。語学留学のためにやってきた日本人女性がホステスとして働く夜の店だ。

日本人だけで集い、日本語で話をする。来月にはいなくなっているはずの日本人ホステスと、明日には忘れてしまう他愛のない話をする。それはそれで楽しいひとときではあったが、どこか空虚な時間でもあった。

知らずしらずのうちに心が余裕を失っていると尚更で、こうした空虚さがさらなるストレスを生むという悪循環にも陥った。

今にして思えば、それは自分の中で歯車が狂い始めたひとつの予兆だったのかもしれない。

ヘッドハンターからの手紙

はたから見れば、僕の商社マンとしてのキャリアは、順風満帆そのものにうつっていたことだろう。

オーストラリアでも僕は実績を積み上げることができた。日ノ本物産社内で一定の力を持てば、日本や世界を動かすビッグビジネスを手掛けることができる。そんな若かりし頃のイメージが、確実に現実味を帯びてきた。

——ところが、すでに理想と現実の乖離は始まっていた。

当時の僕はまだ、それをまったく自覚できずにいたのだが、会社員であること、そして組織の構造というものに、僕は少しずつ違和感を覚えるようになっていたのだ。

そんな中、思いがけないコンタクトがあった。

いつものようにパースのオフィスに出社した僕は、その日、日本からの一通のレターを受け取った。差出人の名に心当たりはなく、封を切るとそれがある人材コンサルタントからのものであることがわかった。

内容を要約すると、こうだ。

優秀な人材を探している企業がある。もし新天地で挑戦してみたい気持ちがあるなら、ぜひ会って話を聞いてもらいたい——。

いわゆるヘッドハントとしては、有り体の文面だ。

こういう仕事を請け負う人たちがいることは聞き及んでいたが、実際に触れるのは初めてのことだったから、僕は物珍しく感じていた。

それにしてもなぜ、このヘッドハンターは突然、自分にコンタクトをとってきたのか？

推測に過ぎないが、メディアに掲載された記事をチェックしてのことだろう。僕は当時、広報部からの打診でたびたびメディアに露出する機会があった。媒体は経済誌から就活生向けメディアまで様々だったが、第一線で活躍するアラサー社員は、会社としても見栄えがよかったのだろう。

しかし、僕はここまでのキャリアの中で、転職など一度も考えたことがなかった。身分も給料も、そしてやり甲斐の面でも申し分なく、このまま日ノ本物産でキャリアを全うすることを本望としていた。

それでも、なぜだろう。この時、三十路を超えた自分に人材としてどのくらいの価値があるのか、自然と興味が湧いた。

話くらいは聞いてみるか。

内心のその声は、あたかも自分に対する言い訳のようでもあったが、僕は渡辺と名乗るヘッドハンターに電話をかけることにした。

幸い、日本とオーストラリアに時差はほとんどない。実際、僕からの連絡を待っていたかのように、電話はすぐに繋がった。

「永崎と申しますが――」

「渡辺です。わざわざご連絡をいただき、ありがとうございます」

渡辺は物腰の柔らかい、丁寧な話し方をする男だった。

やはりターゲットとのやり取りには慣れているようで、レターを送った経緯や目的など、重要なことをすべて盛り込みながら簡潔に話した。聡明さが伝わるその口調に、僕は自然に心を開いていたようだ。

仕事の現状。今の待遇。将来の夢。時に仕事とはまったく無関係な雑談を挟みながらも、気が付けばあっという間に一時間が経過していた。

電話を切った後、僕は胸につかえるものが残るのを感じた。

転職など微塵も考えていないことは渡辺にも伝えたが、その後もずっと、この電話が気になって頭から離れなかった。それは、自分の中に「日ノ本を出る」という選択肢が、まったくないわけではないことを意味しているのかもしれない。

だとすれば、理由は何か。

何不自由なく働けているはずなのに、なぜ新たな可能性に心惹かれてしまうのか。深く考えを巡らせるまでもなく、僕にはいくつかの心当たりがあった。

日本のビジネスシーンでは、いつの頃からか「大企業病」という言葉が用いられるようになった。

一般的な定義で言えば、組織が肥大化するあまり業務の効率が低下したり、経営者と従業員の間で十分な意思疎通がなされなくなったりすることを指している。また、過剰なセクショナリズムが内部の人的交流を阻害し、ひいては組織の非活性をもたらすなど様々な弊害が指摘されている。

僕自身、日ノ本物産に十年以上も籍を置く中で、そうした弊害をリアルに感じ取っていたのは事実である。

しかし、問題はもっと些末なものかもしれない。

何事であっても関わる人員が増えれば、馬の合う人、合わない人に分かれるのは当然だし、方針がマッチしない相手と協業しなければならないことだってある。

さらに事業規模が大きくなるほどしがらみも増え、必ずしも本質論や利益を最善とする判断が重宝されなくもなる。

おかげで一部に、出世のためにゴマすりを優先する輩が増殖し、それがチーム全体のパフォーマンスを低下させているようなケースも散見される。

本当は、三十路を超えた頃からこうした現実が気になり始めていたのだが、日々の激務に追われていることを言い訳に、あえて目を背けていた自覚が僕にはあった。

気が付けば、今の自分には中堅なりに立場や実績がある。もしかするとそれを守るために、いつしか自分自身が自覚のないまま大企業病に蝕まれているようなことだってあるかもしれない。

自分は本当にこのままでいいのだろうか――？

ヘッドハンターからの手紙が、そう自問するきっかけを与えてくれた気がしてならなかった。

本来、こうして悶々とした想いを抱えている時こそ、気のおけない友人や先輩と飲みに出て憂さや悩みを解消するのが自分流である。しかし、ここはパース。相談できる相手はかぎられているし、下手に口を滑らせて「永崎は転職を考えている」などと噂を立てられれば面倒なことになる。

渡辺と実際に会う機会を得たのは、それから数カ月後のことだった。

僕が日本に出張するタイミングに合わせて連絡を取り、面会を取り付けたのだ。決して転職の相談をしようと考えていたわけではない。ただ、事情を理解してくれる誰かに話を聞いてほしかったのだと思う。

その点、日ノ本物産の現状も自分の現状もよく知っていて、さらに外の世界のことにも詳しい渡辺はうってつけだった。少なくとも僕は、たった一度の長電話で彼のことをその程度には信頼していたわけだ。

果たして、初めて会う渡辺は想像通りの人物だった。

年齢は僕の九歳上で、国立大を出て銀行に入行したエリートだ。その後、人材コンサルティングやヘッドハンティングの業界に移り、数年前に自分の会社を立ち上げたという。

ざっくばらんにビールを飲みながら、僕は自分の過去や現在について滔々と話した。渡辺は聞き上手だった。生まれ育った北九州のこと。小学校時代はガキ大将で嫌われ者だったこと。中学でテニスを始め、大学までやり通したこと。渡辺はどれも興味深げに話を聞いてくれた。

おそらく口調や表情などから、僕が今の仕事や環境に完全に満足しているわけではないことは伝わっていたはずだ。

しかし、渡辺のほうから転職の話題を振ってくることはなく、それがまた彼への好感度を高めた。

ますます気を許した僕は、途中で思わず、「渡辺さんの目的は僕を転職させることではなかったのですか？」とこちらから聞いてしまった。すると彼はこう答えてくれた。

「永崎さんは今、仕事だけでなく、生き方そのものに悩んでいるように見えますからね。そんなタイミングで軽々しく転職を勧めるのは野暮でしょう」

そう言って渡辺は笑った。

人材として優秀であることは重要だが、優秀なだけでは転職は成功しない。そこに他責思考があったり、道が明確に決まっていなければ、転職は単なる職場変えにしかならず、同じことを繰り返してしまうだろうと彼は言う。

確かな含蓄と知見を感じさせる物言いに、ふと、『タイアーラ』のママの姿が重なった。もう長いこと足が遠のいているが、元気にしているだろうか。

不意に彼女の助言を欲している事実が、自分が悩みの渦中にあることを何よりも如実に表しているような気がした。

渡辺との対話は、僕にとって明らかにターニングポイントとなっていた。

入社から十年が経ち、確かに商社マンとしてのスキルが身につき、トレードや投資に関する知識も蓄えた。ブラジルやオーストラリアの経験から、世界を見る目も養われたように思う。

しかし、それは商社というかぎられた世界の中の話に過ぎない。

見方を変えれば、商社の仕事に没頭するうちに、自分は商社以外の世界に目が向かなくなっているのではないか。

もっと言えば、日ノ本物産のことはよくわかるが、会社の外で何が起きているかはわからない。そうだとすれば、視野はむしろ狭まっていることになる。

「日ノ本物産の永崎です」

「鉄鉱石やっています」

そう名乗ることに多少なりとも満足感や優越感を覚えていた自分は、もしかするとこの上なく〝ダサい〟大人なのではないか。なぜならそれは、狭い世界で生きていることや、それを自覚していないことを、わざわざ公言しているに等しいからだ。

オーストラリアに戻ってからも気持ちは晴れず、僕は自分が本当は何を望み、どうなりたいと思っているのかを自問自答し続けた。

僕がこうして自分の将来に思いを馳せるようになった理由には、もうひとつ心当たりがあった。

東京本社の直属の上司が秋の人事で配置転換になり、まったく別の人物がやってきてから、業務が様々な部分で滞るようになっていたのだ。

パースで仕事を進めている僕だが、最終的な意思決定は本社の上司に委ねなければならないことがたくさんある。

これまでの上司とはツーカーの関係が育まれており、僕を信用してくれていたのがわかるから、ある程度こちらで自由に動くことができた。阿吽の呼吸ができあがっていたと言ってもいい。

それがヤマギワという上司に替わってからは、また一から関係を育み直す必要が生じていた。これがなかなかうまくいかない。

もちろん組織の一員である以上、仕方のないことではある。しかし、事業を進めるという本質論ではなく、「いや、それだとリスクがあるから、これまで通りのやり方でやってよ」というひと言で業務の進行がストップしてしまうようなケースが多発し、僕らはほとほと参っていた。

ただでさえ、日本とパースという距離感にコミュニケーションの不便を感じることがあるのに、リアルな現場の事情を正確に共有することができず、ヤキモキさせられることが増えた。もっとも、こちらの状況が伝わったところで、物事を効率化するための新しいやり方を彼は好まないのだからどうしようもない。大企業ゆえの保守的な一面が、僕たちを苦しめた。

会社員たるもの、これも仕方のないこと。そう自分に言い聞かせることは簡単だ。しかし、業務に支障が出たり、取引先に迷惑がかかったりするようなら話は別である。

「すいません、その件に関しては今、東京本社に確認中ですので……」

そんな言い訳をしなければならないケースが増えてきたことは、僕にとってははっきりとストレスになっていた。

僕はできるかぎりヤマギワをせっつき、時には国際電話をかけて「これ以上は先方を待たせられませんので、この件はこれで進めさせていただきます、いいですね」と、ピシャリと言い放つようなことが増え始めた。ヤマギワとしても、そんな部下の存在が面白いはずがないだろう。

自分の人事考課に、これまで経験したことのないような低評価がつけられていることを知ったのは、二〇一二年の冬のことだった。評価の主はもちろん、直属の上司であるヤマギワだ。

上司が部下を評価するのは当然であるし、僕は自分が完璧な人材だとはこれっぽっちも思っていない。然るべき理由があって低評価をつけられたのであれば、異論を挟む余地などないだろう。

しかし、ここまでにあげてきた実績や過去の評価からすれば、それが不自然な評価であることは明白だった。

そこでヤマギワに、「自分の評価、こんなものなのでしょうか」と直接ぶつけてみたが、返ってきたのは「他にも高評価を割り当ててやらなきゃならない管理職手前の連中がいるからな。まあ、順番だよ」という、納得し難い回答だった。

——うーん、これが大企業病か……。

これはさすがに方便と言わざるを得ないが、一方で、企業の人事評価にそうした事情が介在することも知っている。サラリーマンとしての生殺与奪権を自分の努力と無関係に握られている現実が、ただただもどかしかった。

そんな中、久しぶりの東京出張が決まった。

同期や後輩たちに会えることが楽しみで、僕は浮き立つ心で機上の人となった。

衝突

成田空港に降り立った僕は、寄り道することなく東京本社を目指した。

本社では久しぶりに顔を合わせる同僚たちも多く、立ち話程度に何人かと近況を交わす。ヤマギワとの面談も、私情を挟まずプロとして挨拶と業務連絡を粛々とこなす。

そして、ひと通りの作業を終えたところで、副社長が在社していることを耳にし、久しぶりに挨拶に行くことにした。副社長は入社当時から僕のことを買ってくれていて、事あるごとに「元気にやっているか」、「仕事は順調か」と声をかけてくれていた。

事前に内線でアポを入れ、役員室の扉をノックする。

「おう、元気だったか永崎」

副社長はいつもの調子で迎え入れてくれた。

「向こうでも頑張っているようだな。いろいろ聞いているぞ」

「はあ……。力不足でお恥ずかしいかぎりです」

「うん？　何を恥ずかしがることがある。相変わらず活躍しているようじゃないか」

ここで謙遜の言葉でやり過ごせなかったのは、やはり僕の心がいくらか追い込まれていたからなのだろう。つい、悩みを打ち明けるような口調で、こう言ってしまった。

「うちの会社、こんなんで大丈夫なのでしょうか……。自分の力不足を棚に上げるようですが、さすがに最近、思うことが多すぎて……」

「何だって？」

気心の知れた副社長を前に、つい愚痴がこぼれ出る。

最近、パースでは取引先にたくさん迷惑をかけてしまっていること。現場に立つ人間としての確信ある主張が、なかなか本社を動かせないこと。

できるだけオブラートに包んで話したつもりだが、僕の表情や雰囲気から、副社長は何かを察したようだった。

「――まあ、あまり思い詰めるな。こっちにいる間に、少し羽根を伸ばしたらいい」

「ありがとうございます。せっかくお時間をつくっていただいたのに冴えない姿をお見せして申し訳ありません」

役員室を後にした僕は、自分のデスクに戻り、椅子の背もたれに全体重を預けたましばらく呆然としていた。


その夜、部内のメンバーたちとささやかに飲みに行くことになった。

場所は銀座の和食店。部長のヤマギワもあとから合流するようで、僕は二人の後輩たちと先にビールを飲み始めていた。

長旅の疲れなのだろうか。この日は、酔いが回るのがいつもよりも早かった。そして、愚痴めいた言葉が次々にあふれ出てくる。

「――正直、不安なんだ。このまま今の環境に甘んじていると、気付けば自分も大企業病にかかってしまうんじゃないかって」

「大企業病？」

「ああ……。いつしか俺も出世の魔力に抗えなくなってしまって、自分も変化を好まない減点主義に染まってしまうんじゃないかと思うと、怖いんだよ」

「何を言ってるんすか、永崎さんにかぎってそれはないでしょ。大丈夫ですよ」

本当にそうだろうか。もちろん、僕は今でもこの会社が大好きだ。細かな不満や軋轢はあっても、この停滞期さえ乗り越えれば、自分は充実した四〇代を迎えることができるはずだという期待もあった。

しかし、この日の酒は絡み酒。僕は後輩に「でもな……」、「だけどさ……」と管を巻き続けるばかりだった。

すると、さすがの後輩も手に余ったのか、こんな提案が飛び出した。

「せっかく日本に帰ってきているのに、まったく……。そんなに悩んでいるなら、面白い人がいるので会ってみませんか。タカミザワさんという、ちょっと得体が知れない老人なんですけど、刺激をもらえるかもしれませんよ」

「……得体が知れない老人?」

「ええ。よし、今すぐメールを送っておくので、明日でも明後日でも、滞在中に一度会ってみたらいいですよ」

そんな話をしている最中に、ヤマギワが登場した。

「遅くなった、すまん」

もともと愛想のいいタイプではないが、今日はいつも以上に憮然とした表情をしているように見える。

「お疲れさまでした。忙しい中、自分のためにすいません」

僕は精一杯の言葉でヤマギワを労い、乾杯をした。

上司がやってきたことで、僕たちは少し居住まいを正して、しばらくは会社のことや世相のことなど、有り体の雑談に興じていた。

しかし、酔いが回り始めると、ヤマギワがいよいよ不満をあらわにし始める。

「――永崎、お前は本当に卑怯者だな」

口火を切るこの言葉には、思わずぎょっとした。一体何を言っているのだろうか。

「どういうことでしょうか？」

「とぼけやがって。コソコソと上と握ろうとして、何を企んでいるんだ、お前は」

どうやら副社長を訪ねたことを言っているのだなと、ピンときた。

確かに思うようにいっていない近況は伝えた。しかし、ヤマギワの話をしたわけでもないし、副社長から彼にお叱りがあったとは思えないから、単に上司である自分をすっ飛ばして上とやり取りしていることに腹を立てているのだろう。

「副社長と話をしたのは事実ですが、何も企んじゃいませんよ」

「調子に乗るなよ。お前の魂胆はだいたいわかってるんだぞ、こっちは」

そう言われても、魂胆も何もないのだから困ってしまう。そもそもヤマギワ自身、このところ上から厳しい叱責が続いていると聞く。もしかすると、この日も上から何らかの注意を受け、それを僕の差し金と勘違いしているのではないかという想像がよぎった。そう考えると反抗心よりも、どうしようもないやるせなさが心に湧いてきた。

僕がいくら誤解だと言っても、ヤマギワの不満は収まらない。いや、聞く耳を持たないといったほうが正確だろう。

「――お前みたいなヤツを、〝女の腐ったの〟と言うんだ！」

ヒートアップするヤマギワが、そんな前時代的な表現で僕をこき下ろした時、僕の中でパンっと何かが弾ける感覚があった。

会社のことを第一に考え、仕事に目一杯向き合い、納得いかないものがあれば上司でも重役でも掛け合う。そんな姿勢で今日までやってきたつもりだ。

少なくとも自分に嘘はない。だから、「卑怯者」の言葉は絶対に看過できないものがあった。

自分は何か悪いことをしているのか？　そうではないはずだ。

決してヤマギワ個人が憎いわけではない。しかし、彼の思考と僕の思考には絶望的な乖離がある。それでも入社年次の違いを踏まえれば僕は無力であり、今こうして罵詈雑言を浴びせられていても、反撃の余地はかぎられている。

この構造に身を預けてよいのだろうか？　いや、そんなはずはないだろう。

ヤマギワの言葉を浴びながら、僕はついに現状を諦めてしまった。もしかすると、何かを諦めるという体験は、人生でこれが初めてだったかもしれない。

ここで何かを言い返したところで、自分の力でこの組織を変えることなどできやしない。そんな力は自分にはないのだ。

気が付けば、つーっと涙が頬を伝い落ちていた。

「商社マン」の終焉

翌日、後輩の段取りを受けて僕は、仕事を終えてから銀座へ向かった。

タカミザワのオフィスは和光に近い一等地にあった。

「失礼します」

そう言ってオフィスのドアを開けると、スーツ姿の白髪の老人が出迎えてくれた。

タカミザワが何者なのかはよくわからない。後輩の話では、手広く事業を手掛けてきた人物で、今は慈善事業を手掛けているという。

もしかすると、独立起業を考えるならパトロンとしてタカミザワを利用しろという意味だったのだろうか。

「お話はいろいろ聞いてますよ。天下の日ノ本物産の中でも、非常に優秀な方だそうで」

タカミザワがそう言ってにこりと微笑む。

「いえ、とんでもないです。今日は貴重なお時間をいただきまして……」

会話をどう繋げたものか不安だったが、それは杞憂だった。タカミザワはたまに僕に質問を投げかけることはあるものの、基本的には自分がこれからやりたいこと、成し遂げたい構想などを流暢に語り続けた。

様々な方面に話題が飛ぶ中で、とりわけ印象的だったのは彼がインドに並々ならぬこだわりを持っていることだった。

日本という国が生き延びていくためには、インドと組む必要がある。そして、そのカギを握るのは民間外交だ、と。

彼はインドの要人といくつも太いパイプを持っているようで、たびたび現地を訪れ、また、向こうの要人を招待しているようだった。

タカミザワは言った。

「まずは先に、日本がインドで社会貢献を果たさなければなりません。具体的に言うと、私はインド国内に一万校の寺子屋を造りたいと考えているんです。向こうでは児童労働を強いられている子どもが大勢いますが、日本で協賛企業を募り、彼らを然るべき施設で学ばせてやりたいのです」

いわく、インドでは勉強する暇があれば少しでも働いて生活費を稼がせようとする親が多く、子どもたちは一日数十円程度の収入と引き換えに、学習の機会を喪失しているという。ならば、今のうちに日本でスポンサー企業を束ねてインドで教育事業を展開し、将来的に日本に能力を還元してくれる優秀な人材を育成しようというのがタカミザワの考えだった。

「そこでね、永崎さん。あなたさえ良ければ、このプロジェクトのリーダーをやってみませんか」

「え――」

あまりに唐突な申し出に、思わず思考が止まる。

出会ったばかりの人間に、なぜそんなことが言えるのか。しかしタカミザワは意に介さない様子で、「私は人を見る目には自信があるんですよ」と言う。

「今度の九月、このプロジェクトをより多くの人に知ってもらい、協賛してもらうためのイベントを開くんです。よかったらお手伝いいただけませんか？」

「はあ……」

思わず生返事をしてしまったが、こちらとしては正直、彼が何者なのかまったくピンとこないままだ。羽振りの良さを感じさせはするが、何やら底知れない人物であるというイメージはまったく払拭できていない。

それにもかかわらず、猜疑心とは裏腹に、このインド寺子屋構想に僕は、胸に響くものを感じていたのも事実だった。

一方、日本へ帰るたびに、ヘッドハンターの渡辺とのやり取りも続けていた。といっても、転職についての相談をすることはなく、毎回、酒を酌み交わしながら僕の人生観を聞いてもらうばかり。だが、そのひとときが楽しかった。

そうした付き合いを何度か重ねるうちに、彼も僕のことを気に入ってくれたのだろう。ある時、渡辺がこんな提案をしてくれた。

「永崎さん、うちで社長をやりませんか？」

これもまた、インド寺子屋構想に負けず劣らず、突拍子もないオファーである。

渡辺は今、自ら起こした株式会社エグゼクティブ・ボードという人材コンサル会社の代表を務めているが、経営に携わる会社は他にも複数あり、商社で揉まれた僕にこの会社を任せたいという誘いだった。

もちろん、この件についてもタカミザワの件にしても、その場で返事ができる類いのものではない。どちらも頭の片隅に入れておき、事が進むようならあらためて結論を出せばいいと考えていた。

何より、僕はまだ日ノ本物産の社員なのだ。

パースに戻ると、いつも通りの広くて青い空、そして雄大な自然が僕を迎えてくれた。この青空と自然は、こうしてまったく変わることなく悠久の時をここで刻んできたのだろう。そう考えると、東京での出来事がどれもちっぽけなものに思えてならなかった。

日ノ本物産がいかに素晴らしい企業であったところで、地球規模の歴史や大自然からすれば、どうでもいい些末なことに過ぎないからだ。それでも僕の中にある疑問やストレスを吹き飛ばすものではない。

僕が上司に対してモノを言う存在であるのは事実だろう。礼節の面で至らない点もあったと思うが、それでも「君は真っ直ぐでいいね」と好意的に受け止めてくれる人が多かったのは、二〇代の若さがあればこそかもしれない。そして、そんな懐の深さも僕が日ノ本を大好きである理由のひとつだ。

しかし、三十路を過ぎてから、どうにも歯車が噛み合わなくなってきた。

偉そうに。生意気だ。そんな言葉をかけられる機会が増えてきたのは、管理職が視野に入り始め、僕が多少なりとも影響力を持ち始めたからなのだろう。

僕はここで悩んでしまった。

僕は若手のリーダーを自負していたし、きっと後輩たちも上司に真正面からモノを言う様子を頼もしく思っていてくれたに違いない。しかしこの大組織には、偉くならなければ物事を動かせないという、厳然たる事実がある。これは決して後ろ向きなニュアンスではなく、偉くなれば何でもできることの裏返しであるはずだった。

ところが煙たがられ、入社以来の低評価を付けられてしまったこの状況が続くなら、いずれ出世も望めなくなるだろう
あるいは、長いものに巻かれるように、プレイスタイルを変更すればいいだけのことかもしれない。でもその場合、そこに若手のリーダーとして慕ってもらえる僕はいないだろう。

この二元論の結論は、行くも地獄、戻るも地獄という八方塞がりの世界に思えてならなかった。ならば外に出るしかないだろう。

組織の中で戦うことの限界は、もうはっきりと理解していた。


その日、日本に戻っていた僕は、東京から飛行機に乗り、地元の小倉を訪ねていた。といっても、里帰りが目的ではない。中学校時代の恩師、島田先生に会うために帰ってきたのだ。

島田先生は当時の校長で、ちょうど僕の卒業と同時に長い教職生活を終えている。定年退職して久しいが、中学時代から何かと僕に目をかけてくれ、多感な時期に多大

な影響を受けた人物である。

とりわけ思い出深いのは、中学卒業を間近に控えたある日の、こんなやり取りだ。

「――永崎くんは将来、何になりたいのかな」

「はい、できれば中学校の教師になりたいと思ってます。先生のような素敵な指導者を目指したいんです」

すると、島田先生は少し怒ったような口調でこう言った。

「君はもっと大きな目標を持ちなさい。総理大臣になるくらいの夢を持ってもらわなければ困るよ」

「え、総理大臣……ですか」

「そう、私の夢なんだ。いつか自分の教え子からそのくらいの大物が育ち、その姿をこの目で見守ることが。永崎くんにはそのくらいの度量があると思っているんだけど、私の勘違いかな?」

「あ、いえ……それは、ちょっとわからないですけど」

総理大臣という突拍子もない目標に僕が戸惑っていると、島田先生がニコリと笑った。

「だからね、君はできることなら、なるべく早めに東京へ出なさい。そしていろんな世界に触れて、できるだけ大きな目標を立ててほしいんだ」

「は、はい！　頑張ります！」


そんな島田先生だから、僕が東京の大学を出て日ノ本物産に就職したことを、まるで我が事のように喜んでくれていた。

それを知っていた両親は、僕が日ノ本の一員としてメディアに取り上げられるたびに、欠かさず島田先生にその記事を送るようにしていたらしい。そのたびに母から「島田先生が、『本当に立派になって……』と感激していたわよ」と教えてくれたものだ。

だからこそ、日ノ本にいるうちに会っておかなければならないと思った。そして、率直な自分の胸の内を聞いてほしい。

果たして、日ノ本を去り、新たな道へ進もうとしていることを知ったら、島田先生は何と言うだろうか？　あれほど「自慢の教え子だ」と喜び、生き甲斐にしてくれていたにも関わらず、退職したいと告げたら、どんな顔をするだろうか？

もしかすると、ひどく落ち込ませてしまうかもしれない。失望されてしまうかもしれない。

――結論からいえば、これは杞憂だった。

「悩んでいるなら、心が晴れやかでいられるほうに進みなさい。そうすれば必ずうまくいくとは言えないが、少なくとも悔いを残さず、爽やかに生きていけるだろうからね」

会社を辞めようと思っている、と伝えた時にかけてもらったこの言葉は、その後の僕の人生において、大きな教訓となっているし、大切な財産になっている。

心が晴れやかでいられるほうに進めば、少なくとも悔いは残らない。

昔とまったく変わらない島田先生の穏やかな笑顔が、僕にはなんとも格好良く見えた。きっと、島田先生自身がこれまでの人生の様々な岐路において、悔いのない選択をしてきたからなのだろう。ならば、自分もそうありたい。心からそう感じ、そのメッセージに強く勇気づけられた気がした。

退職という具体的な選択肢が目の前に現れた途端、タカミザワや渡辺のように、いくつもの選択肢を与えてくれる存在が出現することに、不思議な縁を感じてもいた。

日ノ本でやり残した仕事は多い。こうしている今も、いくつものプロジェクトが進行している。

今回の東京出張も、ある重要なプロジェクトについて、担当本部長の決済を仰ぐことが目的だった。

首尾よくゴーサインが出れば、関係者たちと何日も徹夜して仕上げたプランが実を結び、会社に多大な利益をもたらすことになる。そうなれば、僕はもちろん、後輩たちも大きく評価を上げることになる。考えただけでワクワクしたし、案外それを機にここ数日のモヤモヤなど吹き飛んでしまうかもしれないという期待もあった。

大企業病に染まることを恐れながらも、そうした商社マンとしての醍醐味を随所で感じているかぎりは、一時の想いで簡単に会社を辞めるべきではないとも感じていた。

だが、そのプランも結局は上の事情で実を結ぶことはなかった。

若手のリーダーを自任していた僕だが、結局のところ大組織の中ではかぎりなく無力なのだ。

ならば、すべてを清算して個の自分に戻りたい。

何もかも投げ捨ててしまいたい。肩書きも、出世への魔力のような願望と執着もすべてをゼロにリセットして、もう一度最初から自分の力を試したい。

入社十一年目、三十二歳の夏。僕のそんな願望は、ついに〝決断〟に変わった。

僕の大切な学び

相手に認められようと努力するよりも、
まず自分が相手を認め、受け入れることで、
見える世界は変わってくる。

p.057

他人から与えられる評価を第一に考えるのではなく、
自分の中に確固たる尺度を持って行動し、
その上で他人からの評価を潔く受け入れることが大切。
もっとも、これを実践するのは本当に難しいことなのだが。

p.063

人は本気で嘘のない人間を応援してくれる。
どんなに優れた技能や知識を持っていても、
それを発揮する場が与えられなければ意味がない。

p.067

優秀であることは重要だが、優秀なだけでは転職は成功しない。
そこに他責思考があったり自身の在り方が定まっていないのであれば
転職は単なる職場変えにしかならず、
同じことを繰り返してしまうだろう。

p.077

第2章

「宇宙商社」はじめました

退職

決断してからの動きは早かった。

まず、オーストラリアでは現部署の上長に辞意を告げ、さらに東京本社の上司にも電話で退職の意向を伝える。どちらの上司も、僕の突然の報告に驚きを隠さなかった。

「お前……、一体何を考えているんだ⁉」

そう取り乱すように言ったのは、人事部時代からお世話になっている上司だ。困惑し、頭を抱える様子が電話越しにも伝わってくる。

僕はただ、「申し訳ありません。もう決めたことなんです」と言うことしかできなかった。


業務上の引き継ぎ事項は枚挙に暇がなく、それから退職までの日々は多忙を極めた。日本とオーストラリアを頻繁に往復することになり、正式に辞表が受理されてからは、同期や後輩たちとの酒席も増えた。もっともこれは、送別会の名を借りた、事情説明会のようなものである。社内ではそれなりに目立つ存在であったから、なぜこのタイミングで退社を決意したのか、皆、興味は尽きないようだった。

しかし、なぜ辞めるのかと聞かれたところで、僕自身が端的な答えを持っていないのだから困ってしまう。

会社が嫌になって辞めるわけではない。

何か取り返しのつかないトラブルを起こしたわけでもない。

強いて言うなら、自分に対して言い訳のない人生を送りたいという想いに尽きるのだが、そんな漠然とした言い分に誰が納得するだろうか。

ある時の日本出張の最中には、人事部の上司に呼び出されて、より詳しい事情説明を求められたこともあった。

「本当は何があったのか、正直に言ってみろ」

生半可な回答では、きっと全力で慰留されるに違いない。いっそ、会社に対して明確な不満があるなら話はスムーズだったのだが……。

そこで僕は、こんな言葉を口にした。

「ええと、実は政治家を目指そうと思いまして……」

「な、何だって!?」

これなら会社を辞める理由として申し分ないだろう。政治に関心がないわけではないから、まったくのウソというわけではない。むしろ、より良い社会づくりに貢献したい思いが強い僕としては、具体的ではなくても自然な選択肢と言ってもいいくらいだ。実際、中学時代の恩師から、「将来は総理大臣になれ！」とはっぱをかけられたこともある。うん、考えれば考えるほど、これは退職の目的として申し分ないのではないか。

「おいおい、政治家になりたいなんて初耳だぞ……？　お前は一体何がやりたいんだ？」

「商社の仕事とはまた違った角度から、社会の役に立ちたいんです。無謀なのは承知していますし、コネもツテもありません。ですが、挑戦するなら今しかないと考えました」

「そ、そうか――。そういうことなら頑張ってほしい。応援しているからな」

政治というワードには、ある種の魔力があるらしい。それまで闇雲に僕を翻意させようとした人たちの多くが、「政治家を目指したい」と言った途端に、がらりと違う反応を見せた。

もしかすると永崎は、政治の世界で力を持つようになるかもしれない。だったら、今のうちから応援してやったほうがいいのではないか。そんな計算が働いたのかもしれない。

僕はこの魔法の言葉にすっかり味をしめた。これが嘘とはかぎらないし、誰もがそれで納得してくれるのだ。

その一方で、当然といえば当然なのだが、この〝でまかせ〟は思った以上の反響を呼んだ。永崎は政治の世界に打って出るために日ノ本を辞める。そんな身から出た誤報は、瞬く間に社内を駆け巡った。

「永崎さん、出馬するって本当ですか？」

「どこの党から出るつもり？」

「いつか総理大臣になってくださいね！」

後輩たちは僕の姿を見つけると、口々にそんな言葉を浴びせる。もはやこちらとしても後には引けず、曖昧に「おう」、「ありがとう」と返すしかない。

そんな中、オーストラリアを発つ直前に、ちょっと困ったことが起きた。現地の知人が僕の政界進出を真に受けて、「だったら俺の友人に西豪州議会議員がいるから、ぜひ会わせたい」と、会食をセッティングされてしまったのだ。

それはそれで、今後のために得るものも多いだろうと意気揚々とで出掛けた僕だったが、件の議員からすると、「君は政治の世界で何をやりたいんだ？」と聞いても具体的なビジョンが何一つ出てこないのだから、肩透かしもいいところ。

最初のうちこそ日本とオーストラリアの政局についてあれこれ雑談が進んだが、やがて僕自身が政治についてまったくのノープランであることを察すると、次第に興味を失ってしまったようだった。

これは仲介してくれた知人に悪いことをしたと、今でも反省している。せめて、もう少しだけ具体的に政治家への道を想像しておくべきだったかもしれない。

初めての経験となる退職手続きは、思っていたよりもスムーズに進めることができた。

僕のオーストラリア駐在期間は、二〇一三年の九月末まで。その後帰国して、正式な退職日は十月末に決まった。ただし実際には、業務の引き継ぎさえ済ませれば、有給消化期間に入ることになるから、稼働日は思いのほか残り少ない。

時間に余裕ができたこともあり、僕はタカミザワと頻繁にコンタクトをとっていた。銀座に豪奢なオフィスを構える、あの謎の老人である。

退職する旨を伝えると、タカミザワは以前にも増して僕を積極的に巻き込もうとするようになり、「ひとまず形だけでもインド寺子屋プロジェクトのリーダーをやってほしい」と懇願された。

当面、とくにやることがなかった僕は、常にエネルギーを持て余しているような状態だった。何かを成し遂げたくて会社を辞めたのに、その意欲や情熱を注ぐ先がないのだ。

その点、インドとの民間外交は、政治の面からも経済の面からも非常に有意義であるように思えた。

結局、僕はこの話にのってみようと決意する。

退職を目前に控えた九月の上旬、僕はタカミザワが主催する「インディアン・チャリティナイト」と名付けられたイベントに参加するために、日本に一時帰国した。

会場は代々木体育館。三〇〇人を優に超えるゲストが集まり、日印の財界人など錚々たる顔ぶれが次々に登壇してスピーチを打った。中には現職の首相夫人の姿もあり、あらためてタカミザワのコネクションに舌を巻いたものだ。

ちなみにこのイベントでは、僕にも登壇の機会が与えられた。正式にプロジェクトのリーダーを拝命したことを受け、挨拶と今後の展望について少し話をしたのだが、思えばこうしたイベントでスピーチをするのは久しぶりのことだった。

子どもたちの未来や格差社会などについて熱っぽく語って見せると、スピーチ後に「いいスピーチだったよ」と何人かが声をかけてくれた。

ゲストの中には、僕をタカミザワに引き合わせた日ノ本の後輩の姿もあった。

彼も表面上は「素敵なスピーチでしたよ」と言っていたが、後で聞いたところによると、僕がいつの間にかタカミザワのプロジェクトに加わっていることが、裏ではかなり物議を醸したらしい。

「これも政治家になるための準備なのかね」

「永崎さん、完全に巻き込まれてるけど大丈夫かな」

「根が真面目だから、きっと騙されてるんだよ」

後輩たちが口々にそう言うのも無理はないだろう。これだけ大きな事業を立ち上げ、これほどの人数を集めるタカミザワだが、その人物像は今なおまったくの謎なのだ。

実はタカミザワについては、こっそりネット検索を試みたことがある。これだけの財を持つ人物だから、何かしらの情報がヒットするだろうと考えてのことだ。

ところが、不思議なことに彼に関する情報はネット上にまったく存在しなかった。

この情報化社会において、そんなことがあるのだろうか。いっそう悶々とさせられたが、考えても仕方がない。それ以上に僕は、インド寺子屋プロジェクトに対し、一定の手応えを感じ始めていた。

今のところタカミザワから僕に報酬が支払われることはなく、先のイベントにしても完全に手弁当での参加だったが、多くの有力者と繋がりを持つことができたことで、僕には満足感があったのだ。

世の中に貢献できる意義ある事業であれば、今はそれでいい。お金は後でついてくるに違いない。そう信じていた。

新たなる船出

同年の一〇月。僕は正式に日ノ本物産を退職した。

最後に、同期や後輩たちに宛てて、僕はこんなメッセージを一斉送信している。

＊＊＊

Subject: 退職のご挨拶（永崎将利）
お世話になった皆さまへ
私はこの度、10月末日付けで日ノ本物産を退職して新たなチャレンジに向かうこととなりました。

現在勤務中の豪州パースでは、本日を最終日として今週末に帰国、来週後半に本社に出社致しますが、10月4日（金）が最終日となります。

本社にいる皆さまには直接ご挨拶に伺うつもりですが、タイミングの合わないこともあると思いますので、まずはメールにてご挨拶申し上げます。

2003年4月に入社して10年半、皆さまに支えられ、紛れもなく充実した日ノ本物産での日々でした。

これまでのご指導、ご厚情、友情、皆さまが下さったすべてのことに感謝し、心より御礼申し上げます。ありがとうございました。

今後は、国政への参加を見据えながら、日本の将来への主体的な貢献を果たすべく、自身が信じる活動を展開して参ります。

退職を目前に控え、様々な思いが去来しますが、一番の思いは日ノ本物産で皆さまと出会い、苦楽を共にし、たくさんの素晴らしい思い出を得られたご縁への感謝の気持ちです。

皆さまのおかげで、ビジネスの世界に身を置きながらも、つまるところすべては〝人〟なのだと確信を持つに至りました。

それは個人でも企業でも、どんなに大きく複雑な仕事であれ、人の心が動いてはじめて物事が動くのだということ、また、何より幸せを感じるのは人と感動を分かち合うことだということを、様々な経験の中で知ったからこそです。

今後は、私自身が多くの縁と恩を皆さまからいただいたように、私も一人でも多くの人に何かを提供できるよう、生きていく所存です。

皆さまへの恩返しを、日ノ本物産の中で果たすことはできませんが、いつの日かそれが叶うよう頑張って参ります。

とは言えまだまだ未熟であり、試行錯誤の日々になろうかと思います。どうぞ、今後も変わらぬご指導とお付き合いを宜しくお願い致します。

今後の拠点は東京になります。また皆さまとお会いできることを楽しみにしています。

皆さまの益々のご活躍、ご健康とご多幸を心よりお祈り申し上げます。
ありがとうございました。

＊＊＊

入社から十一年。振り返ってみれば、上司にも同期にも後輩にも本当に恵まれたし、多くの学びを得たことを否が応でも実感させられる。日ノ本で過ごした日々は、間違いなく僕にとって誇りであり財産だ。

相変わらず次の進路は決まらないままだったが、幸いにして一年半くらいは食べていける経済的なゆとりがあった。これは独立するにあたって大きな安心材料だった。

僕は墨田区の押上駅近くに1DKの部屋を借り、新生活を送る拠点を整えた。学生が住むような安アパートだったが、当面は雨露さえ凌げればそれでいい。

僕は三十三歳にして、裸一貫の状態にリセットされたのだ。

さて、目下の問題は、これからの人生をどうするか、である。

清々しいまでのノープランぶりだったが、だからといってまたどこかの企業に就職するのでは意味がない。組織の事情に振り回されることなく、何か大きなことを成し遂げるためには、営利・非営利はさておき、自分で事業を起こすしかないだろう。あまりにも漠然としてはいるが、僕の中でそれだけが唯一の確定事項だった。

渡辺の誘いにのり、彼が営む株式会社エグゼクティブ・ボードの社長職に収まるのは魅力的な選択肢だったし、日ノ本物産を退職したことで他にも高待遇のオファーを幾つかいただいていた。

しかし、雇われの身となることや、他人からポストを譲り受けてトップに収まる形は、自分の手でやり切った上での最後の選択肢とするべきだろう。

どうせなら、一から自分の手で事業を仕掛けたい。その意味でも、当面はタカミザワのインド寺子屋プロジェクトに力を注ぐのがベターであるように思えた。社会的に意義のある事業であることは間違いがないし、活動の中で新しい出会いに恵まれたり、今後やるべきことのヒントが見つけられたりするかもしれない。

僕が正式に日ノ本を退職したことをタカミザワは喜んだ。フリーの身となった僕は、それから何度となく銀座の一等地にあるタカミザワのオフィスを訪ねることになる。

オフィスには様々な人が出入りしていた。見るからに金持ちそうな身なりの男性もいれば、欧米人やアジア人と入れ違いになることも多々あった。それぞれどのような関係で、どのような用件で彼を訪ねたのかはわからない。

インド寺子屋プロジェクト

ある時、銀座にあるタカミザワのオフィスを訪ねると、室内に先客の女性がいた。応接ソファに腰を下ろすタカミザワが、僕に手招きをする。

「ちょうどいい。ママ、紹介しておくよ。例のインドのプロジェクトを任せることになった永崎くんだ」

彼女が何者なのかもわからず、僕はひとまず「永崎です、初めまして」と頭を下げる。するとママと呼ばれた真っ白な着物に身をまとった女性は、上品な物腰とにこやかな笑顔を僕に向けた。

「永崎くん、こちらは銀座でクラブを経営している白坂亜紀さんだ」

「白坂です、初めまして」

白坂の名に、ピンとくるものがあった。よくメディアにも取り上げられている、銀座の「稲葉」という有名なクラブのママだ。慌ててもう一度頭を下げる。

「あら。あなたの目、とっても素敵だわ。人から信頼される、いい目をしていますね」

「目、ですか」

「ええ。私は仕事柄いろいろな人と会いますので、目を見るとどんな人物かだいたいわかるんです」

何と答えていいのかわからず、僕ははにかむことしかできなかったが、そう言われれば悪い気はしない。白坂にじっと目を見られると、本当に自分の内面が見透かされているような気がした。

僕はクラブのママという職業に一目置いている。これは日ノ本の鉄鋼製品部門にいた頃に何度となく通い詰めた、『タイアーラ』のママの影響だ。

『タイアーラ』のママも目の前の白坂も、人の心の浅はかな部分を瞬時に見抜いてしまいそうな、言いようのない凄みを感じさせた。

「――じゃ、タカミザワさん。私はこれで失礼しますね。永崎さん、またお会いしましょう」

白坂はそう言うと、スマートな物腰でオフィスを後にした。白坂の言葉の通り、またどこかで必ず会えそうな予感がした。

退職から一カ月後。僕は人生初のインドを訪れていた。現地にはタカミザワが懇意にしているNGO法人があり、彼らとともに寺子屋プロジェクトの下準備を行なうのが今回の目的である。

ニューデリーのインディラ・ガンディー空港に降り立ち、そこから車で四時間ほど北へ走り、小さな街を目指す。到着したのは、ヒンドゥー教の聖地のひとつで、ガンジス川の上流に位置する街で、インドのみならず欧米からも多くの観光客が訪れる地域だった。

そこで僕は首尾よくNGOの面々と合流するのだが、まず意外に思ったのは、その顔ぶれの多彩さだった。

バックグラウンドは様々だが、世に言うエリートが多く、ある人はニューヨークからインドに戻ってきた医師で、またある人の前職は年俸一億円超を稼ぐ証券ディーラーだった。つまりこのNGOは、経済的に成功者と言える人たちが、調和と平等な社会づくりをしようと活動にあたっている組織なわけだ。

僕は三日ほどかけて現地の生活を体験し、学校建設予定地を視察した。そして、直接触れれば触れるほど、これが意義のある素晴らしいプロジェクトであると実感させられた。

しかし当然、学校を建てるためにはお金がかかるし時間もかかる。まずは資金を提供してくれる協力者を募らなければならない。

では、この右も左もわからないインドで、自分にできることは何だろうか？

考えた末、インド国内の日系企業を片っ端から当たってみるしかないとの結論に行き着いた。日ノ本物産をはじめ、インドには多くの日本企業が進出している。まずはそれらを回って協力資金を募るのだ。

思い立ったら即行動。僕は翌日から、日系企業に片っ端から電話をかけてアポイントを取りまくり、支社長クラスの人々をまわることにした。


しかし、資金はなかなか集まらない。やはり世のため人のためと綺麗事を並べたところで、お金は循環しないのだ。これは当然のことであり、僕にとってあらためて実感する発見でもあった。

つまるところ、必要なのは出資者への明快なリターンであり、たとえ直接的でなくても相手の経済活動に貢献しなければならない。ところが、大企業にいるとお金に関してこうした当事者意識が持ちにくく、こんな当たり前の理屈に気付くことができない。

「お金は社会の血液」とよく言われるが、血液がなければ心も体も働かない。しかし、だからといって血液を獲得することが目的ではない。事業を継続的に回していくために、お金という血液が必要なのだ。

ここで得た考え方は、僕の後の人生にも強い影響を与えることになる。

それでも、突然の申し出にもかかわらず面会を受けてくれたり、協賛企業として名を連ねる約束をしてくれたりする企業があったのは、学校を建てるというプロジェクトの内容もさることながら、おそらく現地にしっかりしたNGO法人があることが大きかったのだろう。

そしてそれ以上に、僕がかつて日ノ本物産に勤めていた経歴を語ると、誰もがすぐに信頼してくれることを実感した。肩書や看板は、インドでも大きな力を発揮したのだ。

実際、「日ノ本物産を辞めて、なぜこんなことをやってるの？」と面白がってくれる人は多かった。しかし、だからといってお金はなかなか集まらないから世の中は厳しい。

そんな中、ようやく出会えたのが、福岡県に本社を置くメカトロニクスメーカー、安田電機のインド支社長だ。同郷であるという理由で僕の訪問を歓迎してくれ、ついには寄付を引き受けてくれた支社長には頭が上がらないが、これがひとつの転機になった。「安田電機が出資しているならうちも……」と、追随する日系企業がちらほら現れ、事態が目に見えて好転していったのだ。

そうして次々に協賛企業を増やしていく僕を、ＮＧＯのメンバーたちは高く評価してくれた。

それは素直に嬉しいことであったし、彼らの期待に応えられる自分が誇らしくもあった。おかげで僕は、いっそうやり甲斐をもって協賛企業を求めて走り回ることになる。

旧友の支え

いったん帰国してからも、すぐにまたインドへ渡り、現地企業へのアタックを続ける。渡航費はすべて自腹だから、基本的に僕は無収入のままこのプロジェクトを続けていた。当然、商社時代の貯蓄はみるみる目減りしていく。

そんな手弁当での努力もむなしく、プロジェクトの規模に見合った資金はなかなか集まらなかった。

それでも、もともとが仕事の虫ゆえか、こうして取り組むべき作業があることに僕は満足していた。


ある日、大学時代の友人から久しぶりに電話がかかってきた。慶応大学のテニス部に所属していた田代という男で、お互いに主務を務めていたことから、大学の垣根を越えて親交を深めていた間柄だ。

何気ない近況交換のための電話だったが、僕らはすぐに会う約束をして、酒場へと繰り出すことにした。

「久しぶりだな。日ノ本を辞めて、その後どうしてるんだ?」

「ああ、まだたいしたことはできていないんだけど……。今は、インドに寺子屋をつくるプロジェクトに関わっているよ」

「何だって? そりゃあまた、随分とご立派じゃないか」

僕は田代に、これまでのひと通りの経緯を説明した。

どこまで状況が正確に伝わったかわからないが、社会貢献に取り組んでいる僕の現状を、どうやら彼は高く評価してくれたようだ。

「でもそれ、自腹でやっていたら、いつまでももたないだろう？」

「まあ、それはそうなんだが……。正直、先行きの不安は感じてる。折を見て、何かお金が回る事業を他に考えないといけないいな」

僕にとっての目先の問題は、まさしくそれ以上でも以下でもない。田代と久しぶりに話しながら自分の状況が整理できたことで、僕はあらためて危機感を強くした。今のところ何のあてもないが、経済面の問題はできるだけ早急に解決しなければならないだろう。


それから数日後、再び田代から連絡が入った。

「日本にいるんだろ？　よかったら、うちの会社に遊びにこないか」

田代の実家は、航空・宇宙・防衛分野向けの電子機器を取り扱う輸出入業者だ。行政を相手に安定的な利益があがる業態で、大学卒業後に一度は総合商社に勤めた田代だったが、数年前から家業にジョインしていた。

顔を合わせるなり、田代は僕にこう言った。

「――あの後、ちょっと考えてみたんだけどさ。お前の生活面のサポートさせてくれないか」

「え……？」

「俺は何もしてやれないけど、せめて金銭的な支援でお前の活動に参加させてほしいんだよ。幸い、今は家業に戻って、経済的には余裕があるからさ。月々いくらかお前に出資するよ」

これは思ってもみない申し出だった。

「ありがたいけど、意味もなくお金を恵んでもらうわけにはいかないよ」

「いや、意味はあるんだよ。お前に出資すれば、結果としてインドの子どもたちが助かるんだろ？」

「それはそうだけど……」

「だったら、ぜひ支援させてくれ。大丈夫、俺だってバカじゃないんだから、税金がかからない範囲にとどめるし」

「けど……」

結局、僕はこの田代の申し出をありがたく受け入れ、田代はこの日から約一年間にわたり、僕の口座に毎月九万円を振り込んでくれるようになる。

こうして友達に金銭面で支えられることに情けなさを感じなかったわけではない。それでも、背に腹は代えられない。当座の定収入があるのは心強いことで、精神的に大きな支えとなった。

田代の心意気に、どうにかして応えたい。だから今は、目の前のことに全力で当たろう。僕は居ても立っても居られなくなり、インドへ向かう荷造りを始めたのだった。

そうした友人の思いがカンフル剤になったのか、インドでの事業の見通しは、少しずつ好転していった。学校を建てるための寄付金が、日に日に増えていく。

しかし、悩みがないわけではない。ふとした瞬間に、何度も頭に疑問がよぎる。

というのも結局のところ、自分は永崎将利という個人の力ではなく、NGO法人の看板や元日ノ本というキャリアで人の信用を得ているに過ぎないと感じていたからだ。会社を辞めてなお日ノ本の名を利用しているようで、どこか釈然としない想いが残った。

やがて日本の安アパートに戻っても、眠れぬ夜を過ごすことが増えた。消灯してベッドに潜り込んでも、頭の中をぐるぐると思考が巡り、まるで寝付けないのだ。

じりじりと布団の中で時間だけが過ぎていくことをストレスに感じ、深夜に一度ベッドから出て灯りをつけた。

しばらくは何をやるでもなくベッドに座ってぼんやりしていたが、おもむろに名刺入れを取り出し、退職後に刷った個人名刺を眺め始めた。退職してからこちら、会合やパーティーに参加する際に必ず持ち歩いている名刺である。

裏返すとそこには、自分の略歴が細かな文字でびっしりと並んでいる。

早稲田大学でテニス部に所属していたこと。日ノ本物産に勤めていたこと。鉄鉱石部門でオーストラリアに勤務していたこと……などなど、これまでの自分の足跡がつぶさに記載されている。テニス部のことまで触れているのは、それが話の種になり、新たな縁が生まれるきっかけになるかもしれないと期待したからだ。

そこで唐突に思い返したのが、退職後に知人に連れられて出席した、あるパーティーのことだった。

テレビで顔を見る有名人も多く参加する立食式のパーティーで、彼らの周囲には常に人だかりができていた。一方、無名の自分は壁の花と化し、一人で黙々とビュッフェの料理をつまむばかり。人との縁作りが目的なのにこれでは意味がない。

そこで積極的に歩いてまわり、手の空いていそうな人に片っ端から声をかけた。

「ちょっと前まで日ノ本物産にいたんです」

「鉄鉱石をやっていました」

「ブラジルやオーストラリアにいたことがあります」

これまでのキャリアをそう説明する僕に、相手はたいてい興味を示さなかった。話題は盛り上がらず、ほどほどで辞して次の相手を探す。その繰り返し。

名刺だけは何十枚もはたいたが、あとに残った関係などほとんどなかった。

それどころか、退職後も日ノ本の威光にしがみついて自らを売り込もうとする自分の様子に、猛烈な自己嫌悪に陥った。

痛烈に気付かされたのは、個人で生きてきた人たちにとって、大企業の看板や経歴など何の意味もなさないということだ。それにもかかわらず、多くの言葉でせっせとキャリアを装飾していた自分への嫌悪感が止まらない。

社会に出た一端の人間は、肩書で語るのではなく、醸し出す雰囲気で表現しなければいけないのではないか。

インドのNGOメンバーたちは称賛してくれたが、それも日ノ本の名を語ればこその成果だ。もし僕がそうした経歴を持たなかったら、一体どれだけの企業が資金提供を申し出てくれるだろうか？

そう考えると、自分という存在が何者なのかわからなくなった。そして何ともダサく思えてならなかった。

自分へのもどかしさが、情けなさと入り交じる。日当たりが悪いアパートは部屋全体がどんよりしていたが、僕の心はさらに曇り、重苦しかった。

——お前は一体何がやりたいんだ？

退職を告げた上司の口から出た言葉が、頭の中でリフレインする。

自分は何がしたいのだろうか。

このインドプロジェクトに骨を埋めたいかといえば、そうではない。学校を作る事業にやりがいは感じていても、この事業に人生を捧げたいとまでは思っていない。たまたまタカミザワと出会い、たまたまインドのプロジェクトを任されただけに過ぎないのだ。

このままではいけない。このままでは、ただ気まぐれに日ノ本物産を飛び出しただけで自分は終わってしまう。

これからの人生を価値あるものにするために目指すべきは、この道ではないのではないか。考え出すと今歩いている道の先が、グレーのもやで覆われているように思えてならなかった。

「志塾ーNG」スタート

時は少し前後するが、タカミザワのオフィスで出会った白坂は、不思議と僕によく目をかけてくれた。

経営者やビジネスマンなど、僕の今後に役立ちそうな人が来店すると、すぐに「永崎さん、ちょっといらっしゃらない？　今、◯◯さんという方が来ているから、ぜひご紹介したいの」と気さくに電話をくれた。

しかし、こちらは友人からの支援でなんとか食いつないでいる状況である。とても銀座の高級クラブで酒を飲むような余裕はない。

そこで僕が電話口でしどろもどろになっていると、白坂は決まってこう言うのだった。

「お金の心配なんてしなくていいから。今すぐいらっしゃい」

異論を許さない気風のいい口調に逆らえず、僕はすぐに銀座へ向かうのが常だった。

ちなみに、銀座のママとしてすでに一定の地位を築いた彼女はこの時期、ＮＨＫのドキュメンタリーで取り上げられたことで、いっそう知名度を上げていた。

しかし、白坂の目的は今以上の富を得ることではなかった。むしろ、今後の日本をより良いものにするために、これからは自分の経験や知見を次の世代に伝えていきたいとの目標を持っている。

そこである時、白坂は僕にこんな提案をした。

「永崎さんみたいな若い人たちを集めて、定期的に勉強会をやれないかしら。私の知り合いを毎回講師に呼んで、人格を磨く学びの場をつくりたいの。どう思う?」

もちろん、一も二もなく賛成だった。

「いいですね、すぐにでもやりましょう! 周囲の仲間たちに声をかけてみますよ」

著名人である白坂が発起人とあって、大学時代の友人や商社時代の仲間たちはすぐに集まってくれた。その中には田代の姿もある。

後に「志塾《こころざしじゅく》ING」と名が付くこの勉強会。INGとは、稲葉・永崎・銀座のイニシャルで、若者だけでなく誰でも現在進行系で成長したいという意味が込められている。

第一回目は白坂自身が講師となり、夜の街を通した大人のマナーや大人のたしなみ、そして品格とは何かといったことを。集まった二〇代、三〇代の若者たちにレクチャーしてくれた。

それは僕自身にとっても大きな学びの場であるだけでなく、何より感激したのは白坂の心意気だった。出会ってまだ間もない、海の物とも山の物ともつかぬ僕をこうした勉強会のリーダーに据えることは、下手をすると自身の名声を傷つけてしまう恐れだってあるはずだ。

おまけに当時の僕は、ほとんど無職と言っていい立場である。一体なぜ、こんな先の見えない若造に、白坂が目をかけてくれるのかわからない。

ただ、時を経てから感じたのは、白坂をはじめ、僕が出会ってきた大人物たちの多くは、決して人を肩書や職業で判断しないということだ。皆、自身の審美眼に絶対的な自信を持っていて、自分が見込んだ人物はたとえ出会って日が浅かろうとも受け入れる。そういうことなのだろう。

僕にはそれだけ自分に自信が持てることが羨ましくてならなかった。いつの日か、僕も自分の審美眼に全幅の信頼を寄せられるようになるだろうか——。

なお、勉強会は白坂の店で行なわれた。メンバーからすれば、本来はなかなか足を踏み入れることのない銀座の高級クラブだから、それもまたいい機会だっただろう。

志塾が催される日は、多忙な白坂に代わって僕が店の鍵を受け取り、先に準備をするのが常だった。そして講義のあとは、そのまま白坂の店で飲み明かす。会費は一人三〇〇〇円。白坂はこの金額で僕たちに好きなだけ酒を飲ませてくれるうえ、彼女の友人が営む近隣の飲食店からケータリングまで手配してくれたのだから、まったくもって大赤字だろう。そうした白坂の心遣いに、どう応えればいいのか僕は常に自問していた。

また、僕としても日ノ本物産を離れてからは、こうして同世代が集まってワイワイやることがほとんどなかったから、志塾ＩＮＧは久々に得た自分の居場所になっていた。

白坂が招く大人たちから得る学び。仲間たちの活躍から得る刺激。

そうしたインプットが、「自分はいつまでくすぶっているのだろうか」と僕を悩ませることもあったが、現状ではどうすることもできない。僕は人知れず、悶々とした思いを胸の中に蓄積させていた。


それでも当面、他にやるべきことはないから、僕は寺子屋プロジェクトに全力を注ぐしかなかった。そのうちに光が見えてくることを期待しながら。

僕は以前にも増して熱心に活動に取り組み、現地でのネットワークを着々と広げていった。顔を売ること自体が目的ではなかったが、このあたりは生来の人懐っこさが物を言った形だろう。

相変わらず無報酬での日々だったが、それもこの時期になるとあまり気にならなくなっていた。タカミザワという怪人物の素性がいまだに不透明なこともあり、金銭の授受を発生させないほうが安全のように思えたからだ。

何より、他人から報酬をもらう立場なら、雇用されているのと変わらない。それではわざわざ日ノ本を飛び出した意味がなくなってしまう。

それに、細かなことに目をつぶれば、インドで出会うことができた尊敬すべき人々をはじめ、世界が広がっていくのは楽しいことだった。

ところが、こうした僕の取り組みに、思わぬところからケチがついた——。

プロジェクトからの離脱

「永崎くん。君、もうインドへは行かなくていいから」

タカミザワがそう言い出したのは、僕が三度目の渡航準備をしている最中だった。

僕にとっては寝耳に水の言葉だった。

「はあ、しかし……。向こうで交渉中の企業もありますから、現地へ飛ばなければと思っているのですが」

「いや、いいんだ。やり方を変えようと思っているから」

実はここのところ、そこはかとない違和感を感じ取ってはいた。僕がこの寺子屋プロジェクトをぐいぐいと前へ進めていることを、タカミザワはどうやら面白く思っていないようなのだ。

それはなぜか?

これは僕の憶測に過ぎないが、タカミザワにとっては寺子屋プロジェクトが存在することこそが重要で、実際に事業として動かすつもりなど、さらさらなかったのではないか。

社会貢献、国際貢献のお題目を持つこのプロジェクトがあるかぎり、その主宰者であるタカミザワは、崇高かつ壮大な理念の持ち主として立場を維持できるし、イベントその他でお金を集めることもできる。ところが、プロジェクトが進捗するためには大変な労力とコストが必要となる。綺麗ごとではない泥臭さも必要となろう。タカミザワにしてみれば、このプロジェクトは存在すること自体が重要なのだ。

その点、日ノ本物産出身の人材が陣頭に立つというのは、非常に見栄えがいい。つまり彼にしてみれば、僕は単なるお飾りで良かったわけで、だからこそ先のイベントで大々的に登壇させる意味があったわけだ。……と考えるのは、あまりにもうがった見方だろうか。

しかし、そんな僕の疑念を裏付けるかのように、タカミザワはこのプロジェクトから僕を干し始めた。一切の情報を僕に与えず、インドの関係者との連絡を禁じ、すべてをシャットアウトして僕を蚊帳の外に置くようになった。理由を聞いてもタカミザワは答えない。

それでタカミザワとの縁が切れたかというとそうではなく、彼は昼夜を問わず僕の携帯電話を鳴らすようになった。そして、どこにいるのか、何をしているのかを執拗に問い質すのだ。

要するにこれは、自分の知らないところで僕が勝手にプロジェクトにかかわっていないかどうかを確認するための電話だった。

こうなるともはや、ここに身を置く意味などない。僕はタカミザワと腹を割って話すことにした。そして八時間にも及ぶ不毛な議論の末、僕はこのプロジェクトと完全に決別することを決めた。

最初のうちこそ、寺子屋プロジェクトを実現するためにはビジネスモデルを確立させなければ出資も寄付も集められないという、僕が現地で感じた課題を建設的に提案していたが、どれだけ時間をかけてもタカミザワの言い分は要領を得なかった。

そこで、僕の中で最後の諦めがついた。事業自体は努力によって良い方向へ進めることができたとしても、タカミザワという人物を変えることはできない。

ならばタカミザワを抜きにして、独自に活動を続けることを考えなかったわけではない。しかし、NGOとのコネクションはそもそもタカミザワのものであり、彼をすっ飛ばして続けるとなれば、自分で一からすべてを構築し直す必要があるだろう。

そうなれば、これまでのようにサポート的な立場ではいられず、人生を賭けて取り組まなければならない。しかし、僕が漠然と見据えている将来との折り合いは、どれだけ考えてもつかなかった。

無責任な去り方になってしまうのは情けないが、それも自分自身の力不足。偶発的に降って湧いたプロジェクトに対し、自分なりに社会的意義を見出して食らいついてきたが、今の僕の実力ではこれ以上やれることがどうしても見つからなかった。

僕はこの時、やはり物事は〝人〟が大切だと、あらためて実感させられた。

結果的に、半年にわたる活動はすべて水の泡になった。そのために費やした時間とお金もすべてが無駄になった。

インドで知り合った人たちのことを考えると申し訳ない気持ちになったが、それでもこれはやむを得ない決断だった。関係者には丁重にプロジェクトから離れることを伝えてまわった。

インドのことは忘れて、ゼロからやり直さなければならない。

気持ちをリセットして、自分が何をしたいのかをもう一度ゼロから探すのだ。

ナガサキ・アンド・カンパニー誕生

気が付けば、何度もインドへ飛んだおかげで、それなりに蓄えがあったはずが、かなり心もとない状況に陥っていた。

僕は焦っていた。このまま行き詰まる前に、何か動き出さなければならない。ところが世の中というのは、焦れば焦るほど見通しが悪くなるもので、いくら考えても次のプランが見つからない。ただ「一花咲かせたい」という自らの強い欲求に振り回されながら、何ら生産性のない虚無な時間を過ごす日々が続く。

ぼんやりと次の事業プランを考えてはみるものの、どれも浅はかなものばかり。何より、自分の人生を賭けて打ち込みたいテーマと思えない。

では、どんなビジネスであれば自分が心底納得し、人生を賭して挑もうと思えるのか？　日ノ本時代はアイデアマンである自負があったが、まるで名案は湧いてこない。まさに貧すれば鈍するというやつだ。

それでもとにかく、食べていくためにお金を作らなければならない。日に日に焦りは募る。

そこで僕が決めたのは、とりあえず会社を起こすことだった。

かき集めたその時点での全財産が三〇〇万円。これを資本金に、僕は二〇一四年九月五日にナガサキ・アンド・カンパニー株式会社を設立した。九月五日は僕の誕生日だ。

事業内容など決まっていない。だから定款には小売業からサービス業まで思いつく事業をひたすら羅列した。きっと、経営者から見ればかなり稚拙な定款であることが瞬時に見抜かれてしまうに違いない。

オフィスは九段下に借りることにした。仕事もないのに一等地にオフィスを構えることにしたのは、はっきり言って見栄以外の何ものでもなかった。その代わり、住まいは押上のアパートより更に安く、古くて小さな一室に決めた。

つい先日、日ノ本時代の後輩であるムラヤマと街でばったり出くわした際、あからさまに蔑んで見られた経験が、こうした見栄を後押ししたことは否めない。あれほど僕を尊敬し、慕っていた彼が、イヤホンすらはずさず片手を振って去っていく姿は、今でも僕の脳裏にこびりついて離れない。些細なこのワンシーンは、それほど僕にとってショックなものだった。

かつての同僚や後輩たちから、「落ちぶれた」と見られるのが僕は怖かった。

ちなみに、中身は空っぽでも会社という器を設けることには、実は重要な意味があった。法人格を持つことで、登記した千代田区から創業融資を受けられるのだ。

ここでも物を言ったのは元日ノ本というキャリアだった。僕は口八丁でこれから手掛けようとしている事業を審査窓口の担当者に伝え、七七〇万円の融資を受けることに成功する。僕は大金を確保したことで、少し安堵した。

しかし、当たり前と言えば当たり前のことなのだが、ナガサキ・アンド・カンパニーの一期目は散々だった。

一年間の赤字がおよそ七〇〇万円。実績がなく、事業ドメインも定まっていないのだから当然だろう。融資を受けたお金は、何も生み出すことなくまるまる消えた。

インド寺子屋プロジェクトに関わっていた時に知り合った人のツテで、健康機器の販売事業を始めてみたり、事業コンサルめいた仕事を引き受けたりはしていたが、所詮は一時しのぎの商売にしかならず。

ナガサキ・アンド・カンパニーは、何がやりたいかわからないまま迷走し続けた。手持ちの資金がみるみる減っていくことに僕は再び焦りを募らせたが、見栄っ張りな性格が災いし、九段下のオフィスを手放す選択肢をとらなかった。

この時期、僕は日ノ本時代の同僚たちから、「永崎は今どうしているんだ？」と話題にされることが怖くて仕方がなかった。

日ノ本物産では肩で風を切って歩いていた僕が、金銭的にこれほど困窮している実情は、絶対に知られたくないことだった。

たまに同期や後輩から連絡があると、僕は「おう、九段下にオフィスを持ってるから遊びに来いよ」と高らかに言ったものだ。いわばオフィスは、虚勢を張るためだけの小道具だった。

内実は自分の先行きに不安を感じ、時に真夜中であっても叫びだしたくなるほどの焦燥に襲われていたのに――。

赤浦徹との出会い

一筋の光となったのは、教育関連の仕事だった。

きっかけは、起業家育成を手掛ける会社からコンテンツの販売を依頼されたことで、ワークショップの企画・運営などがナガサキ・アンド・カンパニーの主な役割だ。日ノ本物産を経て独立起業した僕のキャリアは、この分野で受けがよかった。当人からすれば、まだナガサキ・アンド・カンパニーとして何も成し遂げていないのだから心苦しさもあったが、大手総合商社の人事部を経験したことは、やはりひとつの武器だった。

そのうち経済産業省の教育事業に採択されるなど、ナガサキ・アンド・カンパニーの二期目はにわかに上昇基調に乗り始める。

ひとつひとつは小さな仕事であっても、それが次の仕事に結びつき、徐々に実績が膨らんでいく。ようやく、起業家として少し前を向けるようになった気がした。

二〇一五年四月。僕はその後の人生を大きく左右する、重要な人物と出会うことになる。投資家の赤浦徹である。

赤浦は複数のベンチャー企業を上場させてきた高名な投資家で、その大胆な意思決定とコミットメントに定評があった。

人の紹介で面識ができた赤浦とは、互いに馬が合うことを直感し、ランチをしながら様々なことを語り合った。

僕は日ノ本時代から今日までの経歴を赤浦に伝え、まだまだ大きなビジネスを成功させたいという意欲を明かした。この時点では何か具体的な事業のプランがあったわけではないが、ビッグビジネスを動かし続けている赤浦との対話は、僕の胸を高鳴らせた。

いつか彼と大きな仕事ができないだろうか。そう夢想していた僕に、翌日さっそく赤浦から声がかかった。そして二人で酒を酌み交わしながら、赤浦は出会ったばかりの僕に、こんなことを言い出したのだ。

「永崎さんに三億円をあずけようと思います」

「え――」

まだまだ経済的に安泰とは言えない身だから、この突拍子もない金額に思わず言葉を失ってしまった。

「そんなに驚かないでください。私は永崎さんの人となりを見て、これは将来を切り開く能力を持った人だなと直感したんです」

「しかし、まだ出会って間もないのに、いきなり三億円なんて……」

「出会ってからの時間が短いことには、何の問題もありません。ただ私がこうして直接お会いしていて、永崎さんはやりたいことをとことんやれる人だと見初めたのですから。何より、ぜひ永崎さんと一緒に、何か事を成し遂げたいと思ってしまったんですよ」

「は、はあ……。しかし、三億円とは……」

「深く考える必要はありませんよ。私にとって重要なのは、相手に対して興味が湧くかどうか。もっといえば、好きか嫌いか、です。その点、私は永崎さんの表情や物腰、醸し出す雰囲気から、これは嘘をつかない人だなと直感しましたから」

まるでおとぎ話のような展開だが、結果として僕がこの話に飛びついたことは言うまでもない。

この夜はそのまま、赤浦と二人で朝まで飲み明かした。

おそらく日本経済の未来、僕たちのビジネスの未来について大いに語ったものと想像するが、残念ながら実際に何を話したのか、僕も赤浦も覚えていない。ただ、翌日には酷い二日酔いが待っていた。

「永崎さん、そろそろ具体的な打ち合わせをしましょうか」

赤浦からそう連絡を受けたのは、数日後のことだった。

僕は指定された渋谷のセルリアンタワーに向かいながら、三億円の具体的な用途について考えを巡らせていた。これほどまとまった資金が得られるのであれば、ナガサキ・アンド・カンパニーにとって新たな展開を模索すべきだろう。

カフェで赤浦と合流すると、ひと通りの挨拶を済ませて席についた。そして赤浦が開口一番、こう言った。

「さて、いつ頃から始めますか？　具体的な投資先なども、もしイメージがあればぜひ教えてください」

「――え？」

「お預けする三億円の投資プランです」

話の道筋が見えない。そこで、すぐに気が付いた。

赤浦の言う三億円とは、ナガサキ・アンド・カンパニーへの出資ではない。僕にその三億円を運用して、ベンチャーキャピタルをやれと言っているのだ。

「ああ、ちゃんと細かいところまでお話ししていませんでしたっけ？　それは失礼しました。ぜひ三億円を永崎さんに運用してもらいたいんですよ」

「ええと、それはつまり……。僕にファンドをやれと？」

「そう、私の会社の子ファンドの形ですね。僕は永崎さんに投資家として活躍して欲しいと思っているんです。投資家が育たなければ、起業家は育ちません。今の日本には、優秀な投資家を育むことが必要だと私は考えているんです」

お互いの認識に大きな齟齬があった。三億円という額の大きさに、僕は目がくらんでいたのかもしれない。

「あの、すいません。僕はファンドをやりたいわけではなくて……、あくまで起業家でありたいんです。事業会社の社長として成功を収めるのが目標なんです」

誤解はすぐに解けた。赤浦は自身の言葉少なさを詫び、こちらも自分の早とちりを丁重に詫びた。

三億円という資金に期待が高まっていただけに、ガッカリしたのは事実だったが、致し方がない。

「じゃあ、せっかくですから、その三億円を使って永崎さんがやりたい事業をやりませんか。何かイメージがあるのでしょう？」

「――――！」

まさかの言葉だった。だったら、今日までの数日間に考えていたことがある。

「ありがたいお言葉です。実は当面のうちは、教育事業に注力したいと考えてまして……」

僕はいま手掛けている教育プログラムについて、赤浦に伝えた。しかし、反応は芳しいものではなかった。

「うーん。教育事業は決して悪くないのですが、それはあくまで永崎さんの事業として進めたほうがいいでしょうね。僕たちがタッグを組んで、三億円を費やして取り組む事業としては、正直物足りなく感じます」

赤浦の反応は明快だった。日本を代表する企業を作り上げるために、大きな成長が期待できるビジネスに種を植え、何十倍、何百倍にも大きく育てるのが赤浦のビジョンである。彼が求めているのは、より斬新で、果てしない可能性を秘めた未開のビジネスなのだ。

僕のやりたい事業をやればいいと歩み寄ってくれた赤浦には申し訳ないが、結局この話は折り合うことはなく、僕たちは物別れに終わったのだった。

「僕は人を顔で決める」

とにかくあがき続けるしかない暗中模索の日々は続く。

しかし、多くの人と出会い、様々な事業の話に触れるが、結実するものは少ない。

このままでは起業家として大成するどころか、ナガサキ・アンド・カンパニーを維持することすら難しい。僕の中で次第に焦りが募り始めた頃、またしても思いがけない人物との出会いがあった。

紳士衣料専門店や結婚式場アニヴェルセルなどの経営で知られる、株式会社AOKIホールディングスの青木擴憲《ひろのり》会長だ。

当時、青木会長は私財を投じて財団を作り、未来の総理大臣とビジネスリーダーを生み出そうと取り組み始めていた。そこで思わぬ縁から、ナガサキ・アンド・カンパニーにも声がかかったのだ。

僕が作成した企画書が青木会長の目に留まり、「この企画書を書いた人に会いたい」と招かれたのがすべての始まりだった。

僕は青木会長に直接、自分がまとめた教育事業案についてプレゼンテーションを行なうことになった。

青木会長といえば、オーダーメイドが当たり前だったスーツを量産して販売する事業モデルを一代で作り出し、国内に浸透させた立志伝中の人物である。一人のビジネスパーソンとしてぜひお目にかかりたいし、学ばせていただきたい。そして何より、教育事業で協業できることになるなら、これは会社にとっても自分個人にとっても大きな成長のチャンスだ。

その日、僕はさすがに緊張しながら指定された表参道のアニヴェルセルへと向かった。

プレゼンする事業内容については、事前に青木会長の側近の方々と一緒に、入念に練り上げてきた。あとは思い切ってぶつかっていくしかない。

果たして、会議室で待っていた青木会長は、にこやかな表情とは裏腹に、メガネの奥で鋭い眼光を光らせた、覇気に満ちた人物だった。

僕は挨拶を済ませると、いっそう緊張感を高めながらプレゼン資料の準備に取り掛かる。この事業の受託に成功すれば、ナガサキ・アンド・カンパニーを黒字に持っていくことができる。絶対に失敗できないプレゼンだ。

気合を入れてプレゼンを始める。

大勢を前にしているわけではないが、落ち着いて青木会長の姿を見つめ、抑揚をつけてはっきりと言葉を発声する。この感覚は久しぶりだ。

しかし、それがそもそものスタイルなのか、青木会長は目を閉じて顎を上げた状態で、微動だにしない。それでも、僕はいつもの自分のメソッドに忠実に、できるかぎりの説明を行なった。

するとと、五分ほど経った頃だろうか。青木会長が目を開けて、こう言った。

「はい、よろしいですよ」

「え……」

僕は見上げるように青木会長の顔を見た。無自覚だったが、何か失態があったのだろうか。一瞬にして、目の前が真っ暗になるのを感じた。

「私はね、人を顔で決めるんです」

「はあ、顔ですか」

「そう。永崎さんはとてもいい顔をしています。あなたに任せれば大丈夫でしょう」

「あの、それはつまり……」

「事業内容については、すでにうちの者とすり合わせているのでしょう？　だったら何も心配はしていません。それよりもここからは、あなたのこれまでの人生を聞かせてくれませんか」

呆気にとられる暇もなかった。

これが本物の経営者なのか。青木会長は僕のプレゼン資料を最後まで見ることなく、ナガサキ・アンド・カンパニーとの取引を一瞬で決めてしまった。

「あ、ありがとうございます！」

僕はプレゼン用の資料を脇に置き、青木会長に言われるまま自分のことを話し始めた。

生まれ育った小倉の街のこと。

父は自営業を営み、両親のほかに三歳上の兄がいること。

その兄は昔から頭が良く、とくに日本史は全国模試でトップテンに入るほどの知識を持っていたこと。

一方の自分は、小学校時代はいわゆるガキ大将で、一部のクラスメイトたちからは嫌われていたこと。

友達が欲しくて悩み、自分の居場所を作ろうと中学校から軟式テニスを始めたこと。

そのまま高校、大学でもテニスを続けたこと。

とりわけ青木会長が強い反応を示したのは、大学進学時のエピソードだった。

僕が通っていた高校は地域で有名な進学校だった。親が当時、学習塾を経営していたこともあって、僕たち兄弟は基本的に勉強の得意な子どもだったのだ。

おかげで三年生になると慶應義塾大学への指定校推薦をもらうことができたのだが、

子ども心に気になったのは学費である。

そのまま推薦で慶応へ進めるのは魅力だったが、親の負担を考えると最適な選択とは思えなかった。できることなら、実家から通える国立大学へ進むべきなのではないか。しばし、悶々と思い悩む日々が続く。

僕に指定校推薦を返上するきっかけを与えたのは、クラスメイトの何気ないひと言だった。

「指定校推薦に逃げるのは、何だか永崎らしくない気がするよ」

言葉の主は、学校でも一、二を争う成績優秀な奴で、部活動も応援団で活躍する、いわば僕にとってライバルとも言うべき友人だった(実際、彼は後に東大を出て官僚になっている)。

僕の心にひとつのパラダイムシフトが起きたのは、そんな彼の言葉だったからなのだろう。確かに、挑戦することもせずに親に甘え、安穏と慶応へ行くのは逃げ以外の何者でもないように感じられた。

だったら、自分の力で国立大を目指そう。いっそ、頂点である東大を志望校に設定しよう。

僕はそう目標を掲げ、親に相談することなく推薦を辞退する旨を教師に伝えた。

このスタンドプレーに、母は頭を抱え、父は「勇ましいけど、でもなあ」と呆れた。当の僕はといえば、東大に合格できる自信があったわけではなかった。でも、だからこそ意味のある挑戦であるはずだと、自己陶酔に近い感覚に浸っていたのかもしれない。

その数カ月後、父がおもむろにテニス雑誌を買って帰ってきた。

「珍しいね。急にどうしたの」

「インカレの記事が載ってる。見てみろ」

「……？」

言われるままページを開くと、そこには団体戦での勝利を喜ぶ早稲田大学庭球部の姿があった。

「国立を目指すのもいいが、お前が本当に望んでいるのは、そういう大学生活なんじゃないのか」

父親のこの言葉には、頭を殴られたようなショックを受けた。確かに、僕は大学でもテニスに打ち込みたいし、できれば団体戦で勝てるような強い大学でテニスをしたい。密かにそう思っていた。

「国立のほうが学費が安いとか、そういう生意気な気遣いなどいらないからな」

父親のその言葉に、思わず目頭が熱くなった。

他方、東大を目指すと大見栄を切ったが、模試の結果を見るかぎりかなり厳しい状況だった。やはり簡単な道のりではない。こうなると、浪人してあくまで東大にこだわるか、それとも他の国立大へ行くか、それとも父親の言葉に甘えて私大へ行くか、方針を決めなければならない。

結論からいえば、僕は早稲田大学の教育学部に合格し、そのまま進学することになる。

周囲からは「早稲田に行くんだったら、最初から慶應の推薦でよかったじゃないか」と言われたが、僕としてはこの遠回りに意味があったと感じている。安易な道を選ばなかった自分を誇りに思えたからだ。


「――ご両親はさぞ喜んだでしょうね」

そこまで僕の話に耳を傾けていた青木会長が言った。

「はい。そしてその後、名の知れた会社に就職したことを、親戚や近所の人たちに自慢してまわっていたようです。あとから母に聞いた話ですが、トンビが鷹を生んだと泣いて喜んだそうで……みっともない話ですが」

僕はそう言って笑いながら、心の中であらためて親に感謝した。あの時、父親が「気遣いなどいらない」と言ってくれなかったら、その後の自分の人生も大きく変わり、こうして青木会長の前に立っていることもなかっただろう。

青木会長は引き続き日ノ本時代についても詳しく話すよう僕に促した。初対面の大人物を前に、今振り返ると恥ずかしい話だが、僕は自分の半生をとめどなく話続けた。日ノ本に勤めた十一年。そこで得た成長や行き当たった壁。大企業の慣習に染まり始めた自分への嫌悪。

不思議なことに、青木会長の前では何ら格好つけることなく、同僚たちには絶対に知られたくない心のうちまで、すべてをありのままに語ることができた。

この日の対面の最後に、青木会長が言った。

「そんな永崎さんは、この先どのような事業をやりたいと思っているのですか」

「それが、まだはっきりとは……。今はこの人材育成事業に全力を尽くしたいと思っています」

すると青木会長はにっこりと微笑み、僕にこんな言葉をかけてくれた。

「あなたがこの先、どんなアイデアに出会い、どんな仕事に手を染めるかわかりません。でも何をやるにしても、私はあなたのことを全力で応援しますよ」

二つの社長業

AOKI財団から受託した教育事業は、中高生を対象とするものだった。慣れない最初のうちはトラブルがなかったわけではないが、ナガサキ・アンド・カンパニーとしては大型の年契約で、これによって二期目にして早くも黒字化を達成することができた。

これで上昇気流にのったか、AOKI財団との取引が始まってすぐに、さらに別のルートからもオファーが飛び込んできた。

「研修会社の社長をやりませんか――?」

知人からもたらされたのは、社員研修プログラムを提供する企業の代表ポストへの誘いだった。ユニークなコンテンツを有し、一億円ほどの年商がある企業だという。

このオファーが魅力的に思えたのは、僕の頭の中にこの時、ひとつの課題意識があったからだ。それは、人間力そのものを何らかの方法で可視化し、評価軸にのせることができないか、というものだった。

日ノ本物産時代、人事部で採用を担当していた時に、僕は人材を学力でしか測れないことに大いに疑問を感じていた。というのも、学生時代には学歴やＴＯＥＩＣの点数などが絶対的な評価軸として幅を利かせているが、社会に出てしまえばそんな見せかけの得点よりも、愛嬌や根性のほうが重要であると身をもって感じていたからだ。

言うなれば、「優秀さ」の定義を変えるべきで、そのためにはまず、企業側の採用基準からアップデートしていく必要があるのではないかと僕は考えていた。

大切なのは学力よりも人間力。企業の採用試験の在り方がそう変われば、それに合わせて大学の指導方針も変わるだろう。そして大学が変われば、自ずと高校、中学の教育にも変化が及ぶはずだ。——ところが、人間力は定義が困難であるし、愛嬌や根性としたところで可視化できないから難しい。

企業研修の分野にさらにコミットすることで、そんな漠然とした課題意識について、もしかすると何らかヒントが得られるかもしれない。また、ＡＯＫＩ財団の仕事と合わせてダブルインカムが狙えるなら、いよいよナガサキ・アンド・カンパニーの経営も安定するだろう。

ちなみに企業研修市場はこの当時、およそ五〇〇〇億円規模と言われていたが、その中で一〇〇億円以上のシェアを持つ会社はわずか数社で、無数の小規模企業がしのぎを削っているのが実情だった。

紹介を受けたのは女性経営者をトップに据えた中堅クラスの企業で、資料を見れば、複数の企業から受注の見込みが立っており、売り上げも安定しているようだった。

それにもかかわらず僕のところにこうしたオファーがやって来たのは、先行きを懸念し、今のうちに抜本的な経営改革を行ないたい狙いがあったからだという。

この会社にかぎったことではないが、企業研修で難しいのは研修の成果を示すことだ。これは日ノ本で人事部に席を置いていた時に思い知ったことでもある。

研修で得た学びが会社の実績に反映されるまでには時間がかかる。そしてその成果が、果たして研修の賜物だったのかどうかを可視化することは極めて難しい。

一方ですべての企業がその現実を認識しているわけではなく、短期の成果を求めるところも多い。そのため、ほんの一、二カ月で目に見える成果が出なかった場合、企業は次の研修を不要と判断するだろう。本質に迫る研修をするなら、その構造を根底から変える必要がある。過去の知見を生かせば、やり甲斐のある仕事に思えた。

考えた末、僕はこのオファーを受けることに決めた。ただし、こだわったのは持ち株比率だ。あくまで事業会社の社長を目指して独立した立場なのだから、オーナーシップにはこだわりたい。雇われ社長をやるのでは、これまでいくつかの魅力的なオファーを蹴った意味がないのだ。

いささか意外だったのは、前オーナーがこの希望をあっさりと飲んだことだ。かくして、僕は会社の株を五十一％持つ共同経営者になった。

これにより、僕はＡＯＫＩ財団のプロジェクトを手掛けるナガサキ・アンド・カンパニーと並行して、研修会社の社長を兼務することとなる。二足のわらじというやつで、九段下と研修会社がある虎ノ門を行き来する毎日が始まった。

ところが、この会社での仕事は続かなかった。

今にして思えば、うまそうな話にほいほいと飛びついた自分が愚かであり、自分の見通しが甘かったと言わざるを得ない。

研修は昔とった杵柄であり、自分のポテンシャルを生かせる領域であると張り切っていたが、世の中そう甘くはなかった。

結果を見れば、過半数の株を所有することにも、あまり意味はなかったのかもしれない。持ち株の比率でイニシアチブが握れるのは、日ノ本のような大企業の投資の話であって、零細や中小企業ではあまり意味をなさないことを僕は痛感した。

ナガサキ・アンド・カンパニーもそうだが、規模の小さな会社ほど経営者こそが会社の顔であり、人は皆、会社ではなく経営者個人と取り引きを行なっている側面が強い。いくら株を持っているからといって、物事は思うように運ばないのだ。

結果的に僕は、前オーナーの女性と話し合った末、わずか九カ月でこの関係を解消することになる。

九カ月の収穫としては、自分がまだまだ地に足のついた経営者になれていないことを思い知れたことくらいだった。

いや、実はこの会社にコミットしたことで、もうひとつ重要な収穫があった。

社内には紅一点、野口という若い女性社員がいた。前オーナーの姪にあたる人物で、真面目で働き者のこの人材との出会いは、後に大きな意味を持つことになる。

新入社員

僕は再び、ナガサキ・アンド・カンパニーの業務に専念することになった。

AOKI財団の人材育成事業は社会への貢献性が高く、個人的にも大いにやりがいのある仕事だった。

今は、この事業に全力を注ぐしかない。そう決意を新たにしたところで、思わぬ人物から電話がかかってきた。先日袂を分かったばかりの研修会社のスタッフ、野口だった。

「永崎さん、私を雇ってくれませんか」

彼女の端的な第一声は予想外のものだった。

「永崎さんが去ったあと、叔母の会社もいろいろと大変でしたが、それもひと段落しました。なので、私も転職しようと思っています。できれば永崎さんの会社で雇ってもらえないかと……」

在任中、ナガサキ・アンド・カンパニーの事業内容を野口に細かく話したことはない。彼女はまさか、ナガサキ・アンド・カンパニーが僕一人だけの零細企業であるとは夢にも思っていないのではないか。

また、野口が勤勉な努力家であることは知っていたが、今後どのような分野を望み、どんな仕事に就きたいと考えているのかは、まったくわからない。だから、安易に彼女をナガサキ・アンド・カンパニーで受け入れるべきか、すぐには返事をすることができなかった。

それでも、どこかで縁を感じていたのだろう。

僕はあらためて野口と面談の場を設け、詳しい事業内容を説明した。そして、AOKI財団の売上げでどうにか経営を保っているナガサキ・アンド・カンパニーの現状を正直に伝えた。

そして野口は、すべてを理解した上でナガサキ・アンド・カンパニー入りをあらためて強く望み、結果的に僕は彼女を受け入れることにした。ナガサキ・アンド・カンパニーにとって、初の新入社員というわけだ。

AOKI財団のおかげで売り上げこそ安定しているものの、決して大幅な利益が出ているわけではない。そこでこの機に給料体系をあらため、僕の月給は三〇万円、野口は二十五万円とすることにした。

もちろん、昇給や賞与のあてはない。何しろ会社の存在自体、向こう数年でどうなるのかもわからないのだ。

そんな吹けば飛ぶような零細企業に飛び込んできた彼女が、後に会社にとって大切なキーパーソンの一人となるのだから、やはり縁というのはわからないものだ。

これまで事業内容や経済面ばかりを重視するあまり、僕は「人」を見ることを疎かにしていた。この頃になると、それが自分のウィークポイントであることが、はっきりと自覚できていた。

青木会長が人物像から僕への発注を決定してくれたように、何をやるにしても重要なのは人なのだ。そして、大人物ほど人間性を重視して意思決定を行なうということは、白坂や赤浦などこれまでに出会った多くの人に共通することだった。

大切なのは、嘘がなく、逃げ出さず、信頼できること。そんな、自分が心底惚れ込み、共に心中できる相手さえ見極められれば、怖いものは何もない。事業というのはたいてい苦しいことばかりだ。それでも前を向いて共に苦楽を共にできる同志がいれば、仮に事業を軌道修正することがあっても、道が閉ざされることは決してない。

これが、いつしか自分の中での大切な信条となっていた。


ナガサキ・アンド・カンパニーは三期目も好調だった。

AOKI財団のプロジェクトはより本格的な活動に移り、プログラム作りは僕が、財団とのやり取りやスケジュール調整は野口が担う体制に落ち着いた。

野口は仕事を覚えるのが早かった。何よりわからないことに挑む心を持っていた。やったことのない仕事であっても、「何事もやってみないと始まらないですよね。私が頑張らなければ、永崎さんが外に出られませんし」で終わり。この胆力にはしばしば感服させられる。

おかげで経理など他の業務を彼女がどんどん受け持つようになり、その分、僕は自分の仕事や経営に集中できるようになった。

野口は財団の担当者や青木会長の側近からも非常に評判がよかった。おかげで人材育成事業の進行がスムーズになり、結果的にナガサキ・アンド・カンパニーの経営にさらなる安定感をもたらした。

おかげで僕は、会社の今後、自分の今後についてより深く考える余裕が持てるようになった。つまり、三期目にしてようやく、本当の意味で経営に頭がまわるようになったと言える。

ようやく生活の不安から解放された現状には、大きな安心感を持っていたが、ふと立ち止まって考えてみると、自分が目指す経営者像と今の自分は、どこまで重なり合っているのだろうか。

——お前は一体何がやりたいんだ？

日ノ本を辞める際、上司に言われた言葉がここでも頭をかすめた。

何をするために生きているのか。この会社はどこを目指して成長していくのか。ナガサキ・アンド・カンパニーという器こそできたものの、相変わらず中身は空っぽなのではないか。

僕は再び、心が苛まれる日々を送るようになった。

トランプは世界を変えるか？

二〇一六年の暮れ、僕は青木会長から食事に招かれた。その席で、こんな印象深いやり取りがあった。

「相変わらずいい表情をしていますすね」

顔を合わせた瞬間、青木会長が言う。

「ありがとうございます」

「商売は順調ですか？」

「はい、おかげ様で……。ただ、最近は少し悩んでもいるんです」

「悩み？　どんなことでしょう。永崎さんらしくないですね」

僕はここのところ自分の中にくすぶっている、目指すべき経営者像について青木会長に相談した。

しばらく取り留めのない話に耳を傾けていた青木会長だったが、僕がひとしきり話し終えたところで、おもむろにこう言った。

「ところで、トランプは世界を変えるのでしょうか」

「アメリカのトランプ大統領のことですか」

「そう。アメリカの大統領といえば事実上、世界のリーダーでもある。永崎さんは彼が大統領になったことで、世界は変わると思いますか？」

ドナルド・トランプが下馬評を覆して大統領に就任したのは、ほんの数カ月前のことだった。派手で強気な言動で話題には事欠かず、ニュースや経済誌はひっきりなしにトランプ大統領の言動を伝えていた。

「変わるかどうかはわかりませんが……、少なくとも変えようという意思は伝わってきますね」

「うん、私も同感です。彼はビジネス界のリーダーだった。そして今、政治のリーダーになった」

「未来の総理大臣や未来のビジネスリーダーを育てるというのは、財団の目標と共鳴するところがありますね」

「その通り。これからトランプが作り出す世界は、ビジネスリーダーであり、政治のリーダーにもなった人間が作り出す世界です。そしてそのトランプは、今やあなたのライバルです」

「………！」

「どうでしょう。今ここで宣言してみてくれませんか。トランプを超える、と」

青木会長にそう言われると、何やら身が引き締まる思いがした。あまりにスケールの大きな話題で、隣で野口が息を呑んでいるのがわかる。

「超えます。トランプを超えてみせます」

「声が小さいなあ」

青木会長が笑う。

「私はトランプを超えます！」

僕はより大きな声で宣言する。

「うん、その意気です。あなたのその宣言、私がしかと立ち会いましたからね」

青木会長がまた笑った。このやり取りにどのような意図が込められていたのかはわからない。しかし、自分の中の覚悟が、また一段階強いものになるのを僕は感じていた。


この日以降、僕は時間を見つけては様々な人に会いに行き、会合の類いにも積極的に参加するようになった。

これから目指す方向性を見つけるためである。あるいはそのヒントだけでも探り当てたいと、自分なりに必死になっていた。

そして、こうして思考を巡らせているうちに、僕は自分の中にちょっとした心境の変化が訪れていることに気が付いた。それは、過去の経歴など気にしても仕方がないし、変えられるものでもないのだから、今あるすべてのことを受け入れて前進するしかないという、開き直りにも近い境地だった。

自分がこれからどのような道へ進むのであっても、過去の選択や決断が正しかったのかどうかは、その時点でわかるはずがない。だから、将来の自分に「あれがあったから今の自分がある」と言わせるためには、今をどう生きるかが重要なのだ。どうせわからないのであれば、覚悟を持って運と縁に流されよう。僕はそう腹を括った。

そんな中で僕は、再び赤浦に会いたいと、彼の事務所を訪ねている。久しぶりに面会を申し入れる僕に対し、きっと赤浦は乗り気ではなかったことだろうと思う。すでに一度、物別れしているのだから、今さら何をと思われても仕方がないだろう。

しかし、AOKI財団のおかげで会社は黒字を維持していたが、日ノ本を飛び出してまで思い描いていた将来の姿には、今の自分は程遠い。何かもうひとつ、人生を賭けられる大きな事業で勝負をかけたいとの思いが日に日に募っていた。

再会した赤浦に僕は、率直に胸の内をこう伝えた。

「一旗あげたいと思っているんです」

我ながら、抽象的で子どもじみた発言に思うが、チャンスに飢えた自分が、本心から絞り出した言葉だった。

赤浦はゼロからイチを生み出せる起業家の卵を探している。起業家とはつまり何者かになれる人であり、そのための何かを持っている人だ。

たとえば、秀でた技術を持っている人はその分野のトップランナーになれる。

斬新なアイデアを持っている人は、そのアイデアで世の中を変えられる。

ただ、技術やアイデアを事業として成立させるためには、設備や人を確保するための資金が必要だ。赤浦はそうした起業家とパートナーシップを組み、ビジネスを大きく育てようと取り組んでいた。

しかし、ノーアイデアのまま「一旗あげたい」と語る人間を前に、赤浦も内心では困り果てていたに違いない。

現にその日は、「まあ、何か面白そうな案件があれば声をかけますから」とだけ言われ、その日の面会を終えた。

それはそうだろう。具体的なプランも持たずに、自分は何を期待して赤浦にすがりつこうとしたのか。面会後、考えなしの自分を恥じ、それがまた漠然とした焦燥感を後押しした。

早く何者かになりたかった。

何者かになるための突破口を早く見つけたかった。

ところが、その直後に赤浦から運命的な一報がもたらされることになる。

宇宙への誘い

「――永崎さん、見つかりました。ロケットです、ロケットをやりましょう！」

赤浦の口から飛び出した想定外のワードを、僕はすぐには咀嚼することができなかったが、ロケットというあまりに未知な世界に、言いようのない高揚感を覚えたのも事実だった。

人材育成事業や企業研修の仕事で、ひとまずの経営基盤を整えることはできた。次の目標に向かうには、理想的なタイミングであるはずだ。何より、漠然と「一旗揚げたい」と望み続ける自分を納得させるのに、宇宙は十分なインパクトを持つ領域だった。

そして赤浦は言った。日本の宇宙産業は今、道なき道を作り出すために、泥臭く前進できる昔気質の商社マンのような存在を求めているのだと。

つまり、これまで事業アイデアがないために自分のキャリアを細かく語っていたことが、ここで生きたわけだ。

「どうですか。興味あるでしょう?」

「はい、イメージは湧きませんが……ただ、すごく興味を惹かれます」

「未知の世界ですからね、何も決まりごとはありません。本当に事業になるかどうかだってまだわかりません。だから、これからお互いに半年間くらいかけて宇宙について勉強してみませんか」

僕はその言葉に力強くうなずいた。

日ノ本物産を退職して三年。ずっと暗中模索の状態でもがいていたが、ようやく霧の間に晴れ間がのぞいた気がした。

一旗あげて何者かになる。

そのためには、このくらいぶっ飛んだフィールドが必要だったのだ。

実はこれより先に、僕は次の事業を模索し、実現するために、日本政策金融公庫から一定の融資を受けていた。つまり、新たな事業を模索する準備は、すでに出来上がっていたのである。

宇宙事業に乗り出すにあたって、ナガサキ・アンド・カンパニーはAOKI財団の起業家育成プロジェクト以外の事業はすべて手仕舞いし、新規案件の受注もストップすることにした。

AOKI財団の仕事は年間計画で進むため、最初に関係者とスケジュールさえ固めておけば、一年間の予定が見通せる。そして今や片腕となる野口がその業務を担ってくれるのだから、僕としても安心して宇宙事業に目を向けることができる環境が整っていた。

おかげで、人と会ったり調べ物に費やしたりする時間が十分に確保できる。

「もしかして、やりたいことが見つかったのではないですか？」

ある日の青木会長との会食で、出会い頭にそんな言葉をかけられたことに、僕は驚きを隠せずにいた。やはりこの人に隠し事はできそうもない。

「実はご報告したいことがあるんです」

僕は宇宙事業について話した。

事業の構想と言えるような案はまだないし、宇宙産業についてもまだ勉強を始めたばかり。それでも、自分がやりたいことの答えがそこにあり、何者かになれるチャンスもそこにあると直感したことを、僕は熱を込めて青木会長に伝えた。

「宇宙とは確かに突拍子もない話ですね。でも、だから面白いんじゃないですか。永崎さんに声がかかるということは、そこに縁があったということなのでしょう」

「私もそう思っています。うまく言えませんが、自分の人生をかけて挑戦する場が宇宙なのだと感じるんです」

僕はそう言って、今後の財団の教育事業の運営について相談した。

宇宙という市場で何ができるか模索するためにリサーチをしたい。その分、財団の教育事業に使える時間が減るが、野口と協力しながら今まで通りに運営していく。そのような態勢で取り組んでいくことを許可してほしいという相談であり、お願いだった。

「永崎さん」

「はい?」

「前にも伝えたと思いますが、私はあなたを応援したいと思っているんです」

「ありがとうございます」

「応援する理由は、教育事業を成功させたいからだけじゃない。もちろん、未来の総理大臣や未来のビジネスリーダーを作ることは重要です。そのための財団であるし、未来ある若者を育てるために永崎さんに手伝ってほしいとも思っています。しかし、それ以上に私はあなたが成長する姿を見たいんですよ」

何とも重く、そして胸に染みる言葉だった。

「目をかけ応援している男が、自分で見つけ出した領域で勝負する。全身全霊で挑戦する姿を見せることも、若い世代にとっては重要な教育のひとつになると思いませんか？」

「はい……！　次の世代の手本になるようなチャレンジにしたいと思っています」

「それなら迷うことはない。宇宙という舞台で思いっきり成功して見せてください」

「ありがとうございます！」

青木会長の言葉を受けて、僕はさらに闘志を強くした。絶対に成功しなければならない。固い決意が芽生えた瞬間だった。

宇宙で何をやるか？

僕は宇宙と宇宙産業に関する情報を貪り集めた。

右も左もわからず、ほとんどゼロからのスタートに等しいジャンルだったが、だからこそ乾いたスポンジのようにすべての情報を吸収できるのは、楽しいことでもあった。

日中はそのジャンルの有識者にアポを取り、一人でも多くの人と会って話を聞いた。

そしてそれ以外の時間は、書籍やインターネットで関連情報を集めた。

宇宙産業にはどのようなマーケットがあるのか。

そのマーケットには、どんな事業があるのか。

どの国の、どんな事業が注目され、伸びているのか。

儲かっているのは誰か。

とりわけ進んだ技術やアイデアを持っているのは誰か。

起業家としての視点でリサーチを続けていて感じたのは、宇宙は誰からも嫌われないコンテンツであるということだ。

たとえば泳げない人は海を敬遠するだろうし、体力に自信のない人は山登りを嫌がることがあるが、少なくとも宇宙に関して苦手意識を持つ人はまずいないだろう。これは意外と無視できないアドバンテージのような気がした。

学習を進めていく中で、業界トレンドも少しずつ見えてきた。

宇宙業界は衛星の小型化が進んでいる。衛星の付帯機能も日進月歩で進歩しており、高精度の画像データや位置情報が取得できるようになっている。しかし、そのデータや情報に価値をつけ、お金に変えるプロセスにはまだ課題が多いようだ。

そんな宇宙産業のリアルな実態について教えてくれたのは、田代の紹介で知り合った倉本という人物だった。

田代の家業が防衛・宇宙に関する輸入業であることは先述したが、今となっては彼の知見やネットワークは頼もしいかぎりだ。僕らが目指す領域とは微妙に異なるものの、それでもズブの素人である僕に比べれば、田代は様々な知識と人脈を持っていた。紹介を受けた倉本は田代の家業の仕事仲間で、本分はあくまで防衛分野ではあるが、宇宙産業全般に造詣が深いことから僕が折りに触れ頼りにしている知恵袋的存在である。

彼は僕にこんな助言をくれた。

「ビジネスという点でいうと、まずハードは難しいでしょう」

ハードとはつまり、ロケットやインフラまわりのことだ。

「JAXAやNASA、欧州のESAなど世界中の機関が技術を追求しています。また、民間ならではの技術革新に成長性を見込んで一枚噛もうという投資家も枚挙に暇がありません。とくにアメリカは桁違いです。つまり高度な専門技術と莫大なお金が動いているのがハードの分野なのです」

「確かに、今さら新興のベンチャー企業が参加しても、とても勝ち目はなさそうですね」

「もし資金が調達できたとしても、リスクとリターンが見合うとは到底思えません。言い方を変えると、ハードの分野はすでに体力がある機関と企業の寡占市場なんです」

「なるほど……」

ロケット開発にはアマゾンのジェフ・ベゾス、テスラのイーロン・マスク、ヴァージングループのリチャード・ブランソンなど錚々たる顔ぶれが力を入れて取り組んでいることは知っていた。

彼らと同じフィールドで勝負するのはあまりにも分が悪い。倉本の話を聞き、私はいきなり壁にぶつかった気がした。宇宙は人類に残された最後の未開拓地であり、未来のゴールドラッシュを求めて世界中の企業家や大富豪たちが投資を惜しまない。

逆に言えばそれだけ可能性を秘めていることの表れだが、どうすればそこに勝ち目を見出すことができるのだろうか。

「極端な話、技術はほうっておいてもこのままどんどん進んで行くでしょう。しかし、お金と技術は別の話ですからね。地球と宇宙を行き来できるインフラが整ったとしても、利用する人がいなければ儲かりません」

「すると、現状の宇宙産業はターゲットをどこに設定しているのでしょうか」

「実情を言えば、日本もアメリカも需要の大半は官需です。これが課題です。税金主体でもマーケットは育ちますが、民需が膨らまないかぎり爆発的な成長は起きません。そのあたりの勘所は我々よりも商社勤務の経験がある永崎さんのほうが長けているのでは？」

その最後の言葉に、僕は一気にもやが晴れた気がした。

なぜならその言葉から、商社的な発想をもつプレイヤーがこのマーケットにまだ存在していないことに気付いたからだ。

要するに、ロケットやインフラの技術開発ばかりが先行し、事業化が遅れているのが宇宙産業の現実なのだ。

技術者は大勢いても、客を連れてくる者がいない。ところが、誰もそこに触手を伸ばさない。あるいは、気付いてすらいないのかもしれない。だとすれば、まさにそれこそが〝つけ入る隙〟なのではないか。

需給のバランスを正常化するためには、民需の掘り起こしが急務であるはずで、そこには間違いなく肥沃なマーケットが眠っているに違いない。求められているのは、いわば宇宙商社だ。赤浦が「昔気質の商社マン」が必要だと言った意味が、ようやく理解できた気がした。

宇宙産業を難しく捉えず、「宇宙で事業をしたい人」と現状の産業をマッチングさせてやればいい。それなら、元商社マンにとってお手の物だ。

さらに自信となったのが、宇宙産業に関する様々な予測のデータだった。調べ物を進めていく中で出てくる数字は、どれもワクワクするものばかりだった。

たとえば、世界の宇宙関連事業の市場規模だ。あるレポートによれば、現状で四〇兆円ほどある市場は、次の一〇年で七〇兆円以上に達すると示されていた。

また、宇宙産業といえばロケットや人工衛星の開発を思い浮かべる人が多いが、これから伸びるのは衛星データを利活用するサービス分野だという予測もある。

そういうサービスを作り出し、提供することこそが、僕の頭の中にある「宇宙商社」なのだ。

そして、需要が見込めるのであれば、あとはそれを上手に掘り起こしてやればいい。そうイメージを膨らませていくと、自分が今、とてつもない需要が眠る金鉱の上に立っているように思えてならなかった。

もはや、疑いようがない。宇宙商社にはビッグチャンスが眠っている……！


勉強の日々は続いた。

慌ただしい年の瀬が終わり、新しい年を迎えた。

二〇一七年は飛躍の年になる。必ず、してみせる。僕は強く誓いを立てた。

宇宙業界は横の繋がりが強いため、きっかけさえつかめば数珠つなぎでネットワークを広げられるのは、新参者の僕にとって追い風だった。ロケット部品メーカーの技術者が宇宙産業に明るい大学教授を紹介してくれたり、その教授がシンポジウムに招待してくれたりして、その場で新たなネットワークがまた築かれる。

この時期、とりわけ重要な出会いとなったのは、NASAで働いていた経験を持つ在日アメリカ人、クリスとの縁だった。彼は任務で日本に駐在していたが、任期が満了してからも帰国せず、日本のベンチャー企業に転職していた。

クリスは日本人女性を妻に持つ大の日本通で、日本語もペラペラ。年齢が近いこともあり馬が合い、何より彼もまた、僕にとって宇宙産業における先輩のような存在だ。たびたび酒を酌み交わしながら宇宙産業の未来について語り合い、いつしか共に宇宙産業を盛り上げていこうと誓いを交わす同志のような関係になった。

とはいえ、宇宙に関するスタディが順調だったわけではない。難解な専門知識を多分に含む領域だけに、時に情報の渦から振り落とされて、迷子になってしまったような感覚に陥ることもあった。

そんな時こそ、僕は積極的に人に会いに行くようにした。知識と経験で先を行くクリスも良き相談相手になってくれたし、次々に広がっていく人脈は、そのまま僕にとって大切な情報源となった。

こうして僕が勉強と情報収集に注力できるのも、野口が教育事業を支えてくれているからだ。しかし、いつまでも勉強勉強と言ってもいられない。僕の目的は宇宙の研究者になることでも宇宙オタクになることでもなく、その広大な市場で新たな事業を作り出すことなのだ。

そう考えると、次第に焦りの感情が湧いてくる。

着実に前進している実感はあったが、ゴールに近づいているかどうかは不明なのが現状だ。知識は増えているが、形に見える成果はない。

どうやって需要を掘り起こせば事業になるのか。

どうやってロケットと客を繋げればいいのか。

ところが、二月が過ぎ、三月になっても、勉強という枠組みの中から踏み出すことはできなかった。

スペースBD株式会社

国内外から専門家や事業家が集まるシンポジウムに参加したのは、そんな焦りと格闘している時だった。

シンポジウムの目玉はアメリカから招いた二人の識者の講演だ。

一人は、米国政府の宇宙政策を担当し、今は小惑星の資源探査を行なうベンチャーで重役を務めているピーター・マルケス。彼の会社は宇宙産業でも注目度が高く、多額の投資資金を集めていた。

そしてもう一人は、国家宇宙会議の事務局長を務めるスコット・ペースである。国家宇宙会議は、副大統領を筆頭にNASAの長官らが参加する米国トップクラスの組織だ。

二人の講演は素晴らしかった。現状を踏まえた未来予想には現実味があり、夢があった。

ただ、僕の本当の目的は、講演そのものではなかった。業界のヒーローとも言うべきその二人と話し、事業のヒントを得ることだ。

講演後の懇談会では、やはり二人の周りに大勢の人が集まっていた。

親しく談笑する知り合いのような人がいれば、細かな見解を聞く記者の姿もあった。

さて、どうやって近づいたものか。面識がない僕は、人だかりを遠目に見ながら作戦を練った。

「マサ！」

背後から突如、声をかけられる。振り向くと、飲み物を片手に立っているクリスの姿があった。

「来ていたんですね」

クリスが笑顔を向ける。

「そうなんです。業界の重鎮の話を直接聞ける機会はそうありませんから」

「もっと近くに行けばいいじゃないですか」

「それが、面識もないのでなかなか……」

するとクリスはふっと笑った。どうやら日本人特有の「遠慮」という文化が滑稽に映ったらしい。

「こんなところでまごまごしていても、何も生まれませんよ。僕は彼らと面識がありますから、紹介します。さ、行きましょう」

僕にとっては渡りに船の好機到来である。

最初にマルケスを紹介してもらった。簡単な挨拶と自己紹介をすませ、まだまだ漠然としている自分の事業案を伝えた。

コンセプトは宇宙商社。民需の喚起を目的に、小型衛星の打ち上げやISSでの実験を行なう機会を提供する、ブローカーのようなことをやりたい。これは専門家の見地から見て、可能性のあるプランだろうか。

すると、マルケスが言った。

「絶対に必要な仕事だ」

「本当ですか」

「ああ、宇宙産業を発展させていくために不可欠な仕事だ。ロケットはある。宇宙ステーションもある。しかし、それらが経済的な価値を生むためには、お客さんがいなければならない。君の取り組みは、マーケットの売り手と買い手を両方喜ばせることができる素晴らしい取り組みだと思うよ」

「ありがとうございます……！」

マルケスはすぐに次の取り巻きに飲み込まれてしまったため、その短いやり取りが精一杯だったが、僕は百万の援軍を得た気分だった。隣で話を聞いていたクリスも前向きな議論が生まれたことを喜んだ。

そして間髪を入れず、ペースにも接近した。ペースにもマルケスの時と同様に、宇宙商社として民間需要をターゲットとするブローカー業の構想を伝え、その仕事の可能性、将来性、有用性について質問をぶつけてみた。

「うん、いいところに目をつけていると思うよ」

ペースが言う。

「ありがとうございます」

やはり賛同してくれたことに、僕はいっそう気を良くした。

「ただ、もう一歩先まで考えてみてほしい」

「一歩先、ですか」

「小型衛星に需要や資金が集まっていることは知っている。五〇キログラム以下の超小型衛星は、今後、爆発的に需要が伸びる可能性があるとも感じている」

「はい。私もそう期待しています」

「問題は、衛星で集めたデータをどう事業化するかだ。需要を喚起するためには、衛星でどのようなデータをとって、それをいかにマネタイズするかという提案が必要ではないだろうか」

ペースの意見はもっともだった。目的は衛星を飛ばすことではない。データを取ることである。しかも、そのデータに経済的な価値がなければならない。

たとえば既存の事例では、世界中の原油の備蓄タンクを撮影するというものがある。原油タンクには当然、蓋がしてあるが、これは固定されておらず油の表面にぷかぷか浮くような仕様になっている。そのため残量によって高さが変わり、蓋の位置よって備蓄量を推測し、原油先物取引に生かすという使い方だ。

この事例は、アイデア次第で衛星のデータが様々な分野に活用できることを示している。

シンポジウムからの帰路、車窓の外を流れるビル群を眺めながら、僕は頭の中を整理した。

この日のシンポジウムにかぎらず、ハードや技術については多くの識者が将来展望を語る。しかし、今日お目にかかった二人こそ、ブローカー的な役割の必要性に賛同してくれたものの、それによってどのような市場が生まれるのかまでは言及しなかった。

いわば、将来有望な宇宙産業において、誰がどこから客を連れてくるのか、まだ誰も正解を知らない状況なのだ。

正解がないというのは、そこが未開の地であることの証左に他ならない。強気に考えれば、そこに自分が正解を確立することだって可能かもしれない。

そして、商社での経験を踏まえれば、産業発展のためには必ずブローカー業が必要になる。マーケットがどのように発展していくのかという予測を立てるのではなく、自分がマーケットを創るのだ。その存在として、商社は不可欠であるはずだ。

そこまで確信したところで僕は、すぐに赤浦にメールを打った。

シンポジウムに参加し、様々な知見に触れたことを端的に伝え、その上でこんな一文を添えた。

「事業化に向けて動き出すのは今だと思います。すぐにやりましょう！」

あるいは見切り発車の印象は拭えないかもしれない。まだ具体策に欠ける段階であるのは百も承知だ。

しかし、資金や人員などのリソースがかぎられるベンチャーにとって、判断と行動の速さは数少ない武器のひとつである。こうした瞬発力を生かさないのであれば、何のために日ノ本物産という大所帯から飛び出したのかわからない。

このメールは僕にとってひとつの宣言だ。

そして新たな、そして大きな一歩を踏み出した瞬間だ。

たった一通のメールに過ぎないが、僕は人生を賭けた意思決定をしたような充足感を覚えた。この感覚は会社員を続けていたらきっと味わえなかっただろう。

宇宙産業は今、間違いなく黎明期だ。

世界に目を向ければ、先行して様々な企業が事業に取り組んでいるが、少なくとも勝者不在の市場であるのは確定的。

ならば、もしかしたら自分がパイオニアになれるかもしれない。そんな機会に恵まれることなど、人生で何度もあることではないだろう。

ここはフルスイングで大勝負をかけるタイミングなのだ。

僕はしばらく興奮を抑えることができなかった。

赤浦のオフィスに出向いたのは、それから数日後のことだった。

僕は宇宙商社のコンセプトについて話し、将来性と可能性を伝えた。そこで強調したのは、すぐに動き出すことの重要性についてだ。

「答えが存在していないのであれば、考えていても事業計画は描けません」

「そうですね。その通りだと思います」

赤浦は僕の考えていることをすぐに理解してくれたようだった。

事業プランを確定させることはもちろんだが、今すぐに動き出す必要性が理解されたことは、僕にとって大きな前進だった。

「では、永崎さんは会社設立に向けた準備をしてください。事業内容は会社を走らせつつまとめていきましょう」

「わかりました」

「私はとりあえず一億円出します。小さくスタートするというより、一線級の優秀人材を集めて一気に勝負するイメージを持っています。将来的にはもっと必要になるかもしれませんが、当面はそれで活動できると思います」

「はい、十分です。ありがとうございます」

宇宙商社の構想がさらに具体的になった。

問題は法人格をどうこしらえるかで、赤浦は当初、この事業に合わせた新会社を設立する前提で話をしていたが、途中で翻意したようだ。

「永崎さんのナガサキ・アンド・カンパニーで、定款に宇宙関連事業を加え、社名を変えてそのまま運用すればいいんじゃないですか。永崎さんとして人生を賭けて設立した、思い入れのある企業でやったほうが、いっそう熱が入るというものでしょう」

赤浦のそんな気遣いが胸に染みた。

しかし、感傷に浸ってばかりもいられない。動き出すと決めたからには、やらなければならないことが山のようにある。

事業内容と方向性については一刻も早く固めなければならないし、人手だって必要になる。のんびりしている暇はない。

そして二〇一七年九月、社名の変更によってスペースＢＤ株式会社が誕生した。

出資者との決裂

当初の資本金に赤浦が出資した一億円を追加し、僕たちは正式に投資契約を結んだ。

「投資家を募って集めたお金ですからね、責任は重大です。でも、私は逃げないとだけは伝えておきますよ」

赤浦がそう言ってにっこりと笑う。

「わかっています。あとは成果を出すだけです。何の実績もない私を信じてくださった信頼を裏切ることがないよう、精一杯取り組みます」

僕はそう言い、あらためてお礼の言葉を口にした。


ちなみに、僕たちは良好なパートナーシップを育んでいたが、実はその関係が一度だけ険悪になったことがある。新橋の居酒屋で、出資契約について詳細を相談していたときのことだ。

「持ち株の比率は五対五でいいですよね」

何気ない口調で赤浦が言った。

「……それについては待ってください。私は過半数を保有したいと考えているんです」

　それまで書類に目を落としていた赤浦が顔を上げ、僕の言葉にきょとんとした顔をして見せた。

「そうですか。しかし、これから一緒につくっていく事業ですよ。こちらとしても譲歩している比率と思っているのですが」

「資金面で見れば、赤浦さんの言う通りだと思います。しかし、十分な権限を持って事業を行っていくために、過半数は持たせてほしいのです」

　会社の重要な決議などは、議決権を三分の一の株を持っていると拒否できる。経営側である僕から見ると、自分の判断を拒否される可能性があることになる。

　それをあらかじめ防ぎ、自分の判断で経営していくためには議決権の三分の二、つまり株の七割を持っておくのが理想的だし、まして過半数を持てないスタートは常識的ではない。

　――と、日ノ本時代の習性から僕は、そこまで瞬時に考えたが、もちろん赤浦にその理屈は通じない。そもそもの資金の比率が一対一〇なのだから、当然だろう。それでも、僕にとってここは非常に重要な決め事に思えた。

「……事業化するために過半数の株が必要という主張は、私には受け入れられません。

特に今回は、宇宙というテーマもブローカーというアイデアも私が出しましたし、一緒に創業するようなイメージでいたのですが。企業で必要なのは株よりも覚悟なのではないですか」

「それは、私に覚悟がないということですか？」

その言葉に、僕は少し苛立った。すでに起業家として自分の人生をかけている十分な思いがあったからだ。

「覚悟がないとは言っていません。事業にコミットして取り組んでいくのであれば、株で拒否権を防がなくても、自分の思い通りに突き進み、成果を出すことによって関係者がCEOについていくのではないかと言っているんです」

赤浦はたしなめるような口調で諭そうとしたが、議論はしばらく平行線をたどった。

赤浦は過去の事例から、僕は今後の将来展望から、互いに主張を曲げないまま話し合った。

「スペースBDは今のところ、成果と呼べるものが何もありません。厳しい言い方をすれば、価値といえば可能性だけです。そこに出資できる投資家は私くらいだと思いますが……」

痛いところを突かれた思いはある。赤浦の資金なくして、宇宙商社という事業は実現できないし、他にこれほどの出資をしてくれるパートナーが見つかるとも思えなかった。

それでも、何者かになりたい一心で会社を辞め、迷走しながらも今日まで突っ走ってきた自分にとって、この宇宙ビジネスは最後の砦のようなものだった。夢を実現するためには、ここに全精力を注ぐ必要があるし、〝他人〟の会社でそれをやることには強い違和感があったのだ。

話はまとまらないまま、数十分が経過した。

ついに僕は、少し乱暴な口調で「……いろいろと残念ですよ」と吐き捨てた。おそらくこの立ち上げはご破産だろう。やけっぱちになる自分を感じてもいた。

「永崎さん。冷静になって考えてみてください」

「私は冷静ですよ」

「元はと言えば、宇宙というテーマを見つけたのは私ですよね。資金についても大半が私の出資です」

「……その通りです。それについては返す言葉もありません。でも、私は自分の事業としてこのビジネスに、人生を賭けたいんです」

「私も永崎さんと同じくらい、覚悟を決めて投資していることを理解してほしいのです。五対五は対等じゃないですか」

　赤浦の言うことが正論であるのはわかっている。

「覚悟なら私も持っています。というよりも、私にはこの事業しかないんです。他にも投資先を持っている赤浦さんから見ればスペースBDはワン・オブ・ゼムかもしれませんが、私にはスペースBDがすべてです。それで五対五というのは、どうしても納得しかねます」

「他に投資先があるかどうかは重要ではないんですよ。ワン・オブ・ゼムだという理由で中途半端な気持ちで投資するようなことはありません。投資家である私にとっては、すべてのワンが重要なのです」

　これ以上話をしても、おそらく結論は出ない。重い沈黙が続いた。

　感情論で余計なことを言ってしまえば、赤浦との関係が悪化する可能性もある。それを避けるために、とりあえず今夜は帰ろうと決めた。

「すみません、今日のところはこれで失礼します」

　そう言って席を立つと、赤浦も促されるように席を立った。そして店の前で形だけの礼を言って僕らは別れ、気まずい空気のまま僕は駅へ向けて歩き出した。

スマートフォンが鳴ったのは、それからほんの数分後のことだった。

「――永崎さん、もう一度話をしませんか」

たった今、別れたばかりなのに、何だろうか。あらためて関係解消を通告されるのだろうか。

僕は不安と疑問に苛まれながらも、「わかりました」と答えて踵を返し、再び先程別れた交差点へ向かった。

交差点には赤浦が立っていた。

「別れてすぐにまた会うなんて、高校生のカップルみたいですね」

赤浦が言う。

「本当ですね」

僕は笑ってそう答えた。

「何だか嫌な別れ際になったので、もう一杯だけ付き合ってくれませんか」

その言葉に、ホッとさせられた。

「もちろんです。ぜひお付き合いさせてください」

僕らはタクシーに乗り、赤浦の行きつけだという麻布十番のバーへ向かった。

そしてカウンターに座り、改めて乾杯し、雑談にふける。さっきとは打って変わって、事業や株の話はしなかった。

赤浦の狙いは何だろう。そう思わなくもなかったが、この大人物がせっかく僕に寄り添ってくれたのに、考えるのは野暮な気がした。


その夜、帰宅してから僕は、赤浦がなぜ五対五の出資比率にこだわるのかを、できるだけ相手の立場に寄り添いながら考えてみた。

赤浦にとって投資は道楽ではない。投資を介して事業を動かし、ファンドの出資者たちにリターンを返すことで納得させている。ならば、リスクを考えるのは当然のことだ。

さらに、赤浦の主戦場であるＩＴとはまったく異なる宇宙への投資だ。僕がファンドの出資者の立場だったら、成功事例の多いＩＴから軸足を離さず、宇宙への挑戦など辞めてくれと言うかもしれない。

つまりこれは、赤浦にとっても自身の名声に傷がつくかもしれない勝負なのだ。そのうえで、実績も保証もない僕に七割の株を与えるのは、無謀と判断されても仕方がない。自分が赤浦の立場だったら、おそらく同じ判断をしただろう。

見方を変えれば、五対五の比率は譲歩しすぎのようにすら思える。

では、なぜ赤浦は自分に五割の株を与えてくれるのか。

赤浦の立場から物事を考えてみれば、ファンドには投資先が不可欠だ。投資先の成功がファンドの成功となる。だからこそ彼は、自分の知恵や人脈を投じて自分を応援してくれる。であれば、投資先の社長がいかにモチベーション高く経営に取り組むかが大事だろう。ファンドにとっての経済性と、投資先のモチベーション。そのバランスの最適解を模索するに違いない。

そこに、赤浦が自らスペースBDの意思決定権を握りたいという思惑が入り込んでいるとは思えなかった。スペースBDを誕生させ、成長させ、そして軌道に乗せる道のりを、一緒に実現したいと思っているはずなのだ。

そこまで思考を巡らせたところで、僕はふと思い出した。野口と出会った研修会社の社長に就任する際、五一％にこだわった結果、それが何の意味ももたらさなかったことを。

僕は自分の主張がいかに勝手であるかを痛感した。

もちろん、自分が主導権を握りたいという想いに相違はない。しかし、そこで持ち株比率をとやかく言うのは、赤浦に対する信頼感の欠如と見なされるのではないだろうか。

赤浦は自分と同じくらいの覚悟を持ち、対等な立場で取り組める起業家を探しているのだ。そう考えたところで、僕の腹は決まった。

翌日、僕は赤浦に電話をかけ、まず、気分を害するような態度を取ったことを謝った。そして、気持ちよくスペースBDをスタートさせるために、出資条件についてもう一度話し合う機会を作ってほしいと頼んだ。

再会の機会はその一週間後にセットされた。僕は赤浦の言い分を交渉せずに飲むつもりでオフィスを訪ねた。

果たして、赤浦の提案は変わらず、五対五の持ち株比率を主張された。

ただし、ストックオプションをつけ、これを行使すれば比率が六対四になる新たな条件が付け加えられた。

なるほど、と思わず唸らされた。

海千山千の投資家が、僕という人間を宇宙ビジネスのパートナーにするために、様々な点を譲歩し、そして僕を納得させるために頭をひねった結論がこの条件なのだ。

僕はこの条件を了承した。

赤浦の気遣い、そして明晰さに触れ、今まで以上に彼とタッグを組んで突き進みたいという気持ちを強めたのだった。

恩送り

スペースBD誕生から一週間後、僕はアメリカ・ワシントンDCにいた。

メインの目的は、民需を掘り起こす宇宙商社のコンセプトに必要性と重要性を感じ取ってくれたマルケスに会うためだ。

シンポジウムの場で少しだけ立ち話をした程度だが、マルケスは僕のことをちゃんと覚えてくれていた。そのあと、東京に出張の際、わざわざメールをくれ、昼食を共にしたので顔を合わせるのは三回目となる。

場所は、ホワイトハウスの目の前にあるホテルのバー、「オフ・ザ・レコード」。

「調子はどうだい」

マルケスはそう言って僕を歓迎してくれた。

「やっとスタートできました。一億円の出資を受けて、会社を作ったんです」

僕がそう言って、刷り上がったばかりの名刺を差し出した。

「スペースBDか。いい名前じゃないか。ちなみにこのBDというのはどういう意味だい？」

「ビジネスデベロップメントです。未成熟の宇宙産業に民需を取り込み、民間の事業と宇宙産業の両方を開発していこうという意思を込めました」

「なるほど。つまり、君が以前言っていた衛星打ち上げのブローカー事業が本格的に走り出したんだね」

「はい」

「おめでとう。君が作り出そうとしている事業は、宇宙産業に絶対に必要だ」

マルケスはスペースＢＤの誕生を、まるで自分のことのように喜んだ。

「ところで、君の肩書きを見ると、共同創業者となっているね。一人で立ち上げた会社ではないのかい？」

「立ち上げは僕一人なのですが、スタートを切るにあたっては、私が目指す世界を理解し、共感し、出資してくれた投資家の存在が不可欠でした。そのことへの敬意の表れとして、スペースＢＤは私と彼が共同で創業した会社と表現することにしたのです」

この話にマルケスは「グッド」と笑顔を見せた。

「とてもいい話じゃないか。その投資家というのはどんな人なんだい？」

「日本有数の著名投資家であり、優秀な事業のパートナーでもあります。でも、何より夢を共有できる数少ない同志の一人と言った方がいいかもしれません」

「いいパートナーと出会えたようだね」

「ええ。縁に恵まれ、運にも恵まれました。そのことに感謝して、これから恩を返していきたいと思っています」


一方、この旅ではもう一人、後にスペースBDにとって重要なビジネスパートナーとなる人物に出会っている。

日本を発つ前に、倉本が「どうせワシントンに行くのであれば、ナノラックス社のCEOが近くにいるから、会ってくるといいですよ」と紹介してくれた、ジェフリー・マンバーである。

ナノラックスは小型・超小型衛星の打上げサービスや、宇宙空間での微小重力実験サービスなど、ISSの商業利用の先駆者的存在であり、まさにスペースBDがロールモデルとするべき企業だ。

果たして、ジェフリーは世界的な知名度とは裏腹な気さくさと、そこはかとない威圧感を併せ持つ、不思議な人物だった。

表情はニコニコと明るいものの、業界内では曲者として扱われることもあるため、僕は少し警戒しながら近づいた。

ところが、ジェフリーは初対面とは思えないフランクな物腰で、彼はいきなり僕にこんな言葉をかけてくれた。

「僕らにとって日本は、すごく付き合いにくい国なんだ。君とどんな事業でコラボレーションできるかわからないけど、僕らと日本の架け橋になってくれたらいいなと、初対面ながら直感したよ」

なるほど、物事を既成概念に囚われずに発想するタイプなのだなと、僕は瞬時に理解した。むしろ、僕にとっては魅力的な人間に映る。

もし本当に架け橋となって彼らの業務をサポートできれば、スペースBDとしても何か突破口が見いだせるだろう。

僕はジェフリーと固い握手を交わし、そう遠くないうちの再会を誓ってアメリカを後にした。

縁と運と恩。

暗中模索を続けてきた中で、いつしかこの三つの言葉が僕にとって大切な意味を持つようになっていた。

僕は自分が強運だと感じている。縁にも恵まれていると思っている。この二つがあるから、今の自分は豊かに暮らせる。

そのことに感謝して、恩返しする。

運をもたらしてくれた何か、縁を作り出してくれた誰かに恩を返し、その過程で出会った人やこれから出会う人には「恩送り」をする。そんな生き方がしたい。

スペースBDとしての再出発に際して、僕はあらためてそんなことを考えていた。

僕の大切な学び

「お金は社会の血液」とよく言われるが、
血液がなければ心も体も働かない。
だからといって血液を獲得することが目的ではない。
目的である事業を継続的にまわすために、
お金という血液が必要なのだ。

p.116

大切なのは、嘘がなく、逃げ出さず、信頼できること。
そんな、自分が心底惚れ込み、
共に心中できる相手さえ見極められれば、
怖いものは何もない。

p.158

その選択や決断が正しいのかどうかなど、
その時点ではわかるはずがない。
将来の自分に「あれがあったから今がある」と言わせるためには、
今をどう生きるかが重要なのだ。
どうせわからないなら、覚悟を持って運と縁に流されよう。

p.163

第3章

無限の宇宙へ

「宇宙商社」構想

スペースBDが掲げる「宇宙商社」というコンセプトは、なかなか評判が良かった。宇宙という広大な市場の中で、衛星を「打ち上げたい人」と「打ち上げる人」を結ぶ。それによって衛星打ち上げの需要を喚起することができれば、かつて高度成長からバブル期にかけ、日本の産業が力強く発展していく際に陰の支えとなった総合商社の役割を、スペースBDが宇宙領域で果たすことができるだろう。この宇宙商社という言葉に、僕はそんなイメージを込めている。

しかし世界を見渡せば、宇宙を舞台に事業を生み出そうとしているベンチャー企業は無数にあっても、安定的に売り上げを得ている企業はまだまだ少ない。まして利益を上げている企業となると、本当にごく僅かなのが実情だ。

果たして、そんな厳しい市場の中で、日本初の宇宙商社はどのように事業を成立させていけばいいのか。これが目下、スペースBDにおける最大の課題だった。

何しろこちらはズブの素人だから、その答えを見つけるため、僕は暇さえあれば宇宙事業に関連する既存の企業について調べ、国内外を飛び回って宇宙の専門家や技術者から話を聞くように努めた。

学べば学ぶほど、宇宙商社として事業開発を進めていく上で、圧倒的に基礎知識が足りていないことを痛感させられたが、だからこそ専門家たちの話は、そのハンディを埋める最も有意義な情報源だった。

その点、赤浦のコネクションもまた、頼もしい武器となった。赤浦のコネクションから、先行する国内の宇宙ベンチャー経営者に引き合わせてもらい、どうにか事業のヒントを得ようと対話を重ねる。

しかし、この時点で知識ゼロの僕は、まるで会話の相手にならない。どうにかこの差を埋めなければならないと、僕はより懸命に情報を貪った。野口と共にAOKI財団の仕事を回しながら、毎日、一日の半分以上を勉強に費やした。受験勉強に明け暮れていた頃とはまた違う、教科書も何もない暗中模索の状態だったが、その代わりに大きな夢に通じる道を行っている手応えがあった。

そんなある時、関西の某団体から講演依頼が舞い込んだ。宇宙をテーマにしたイベントの講演枠で、ぜひ永崎将利に登壇してほしいというのだ。きっと、宇宙商社というコンセプトに興味を持ってくれたのだろう。

今の自分が人前で偉そうに宇宙を語ることに、抵抗がなかったわけではない。それでも、こうしたイベントには宇宙に関心を持つ人、宇宙についての知識に長けた人がきっと大勢集まるだろう。こちらにとってもきっと学びがあるはずだ。

僕はこの講演依頼を快諾し、関西へ飛んだ。そして自分がこれから人生を賭けて取り組もうとしている宇宙ビジネスの可能性と、事業としての面白さを聴衆の前で熱弁した。

会場の人々が熱心に聴いてくれている様子には、まだ明確な成果や実績をあげたわけではない僕としては面映ゆさもあったが、宇宙商社というコンセプトがやはり業界において斬新であることを再認識した。

宇宙は多くの人の憧れであり、僕にとって挑戦や夢の象徴だ。既知よりも未知に目を向けて可能性を追いかけたい。そう熱を込めてスペースBDの事業構想を伝えると、場内の聴衆が大きくうなずく様子が壇上から見え、僕は幾ばくかの手応えを感じたのだった。

目論見通りと言ってはなんだが、このイベントではひとつ、有意義な出会いを得ることができた。僕の次に登壇した、関西の大学で小型衛星の開発に取り組んでいる池谷教授との面識が作れたのだ。

僕の講演を聞いていてくれた池谷教授は、「必要があればいつでも研究室に遊びに来てください」と言ってくれた。僕はさっそく翌週、池谷教授を訪ねるために新幹線に乗り込んだ。

衛星打ち上げの現場事情

そこは、関西ではよく知られた工学系の大学だった。指定された研究棟を目指し、池谷教授の部屋を見つけ扉をノックする。すぐに、池谷教授本人が笑顔で迎え入れてくれた。

「やあ、ようこそいらっしゃいました」

「本日はご多忙の中、貴重なお時間をいただきましてありがとうございます」

丁重にお礼を言い、招き入れられるまま研究室に足を踏み入れると、そこには見たこともない部品や分厚い書籍が整然と並んでいた。いかにも興味をそそる書名が背表紙に散見されたが、好奇心をぐっと抑えて椅子に腰を下ろす。

「それにしても、宇宙商社とはまた、面白いコンセプトですね」

池谷教授がコーヒーを出しながらそう切り出した。

「ありがとうございます。自分なりに宇宙産業について勉強を重ねたところ、まずは衛星打ち上げの潜在的な需要に気が付きまして。宇宙空間に物を持っていかなければ始まりませんから、アクセスのハードルをどうにか下げられないかと考えた次第です。ただ、一方で悩みも尽きないもので、こうして厚かましくもお邪魔してしまいました」

僕は頭をかいた。

「ほう、どんな悩みですか？」

「これまでいろんな識者の方をまわって助言を得てきたのですが、皆さん、『そんな事業、存在意義が低いし儲かるわけがないよ』となかなか手厳しくて……」

これは事実だった。すでに欧米には先行する事業者が存在することに加え、衛星打ち上げサービスは仲介事業者の付加価値提供が難しく、結果的に中間マージンが取りにくいというのがその理由だ。日本発の小さなベンチャーにつけ入る隙などない、というのが大方の見方なのだ。

「それでも、どうしてもこの事業の可能性を捨てきれないんです。僕が重視しているのは目先の利益ではなく、日本に新しい産業を作ることです。そのための第一歩として、まずは衛星を打ち上げたいと考えている企業や学校のサポートを、どうにか事業化できないかと知恵を絞っているところです」

新しい産業を作る。

これこそがまさに、自分が日ノ本物産を飛び出してまで成し遂げたかったことであり、自分の気持ちに最も嘘偽りのない夢である。

もちろん会社を営む上で利益は必要だが、儲かるからやる、儲からないからやらないといった基準で、スペースBDの進路を決めるつもりは毛頭なかった。

僕の言葉を聞いた池谷教授は、我が意を得たりといった様子でこう言った。

「それはいい。こちらとしても非常に助かるお話なので、ぜひ実現してほしいですよ。打ち上げに至るまでにはやることが山ほどありましてね。ここでは学生がよく頑張ってくれているけど、それでもとても人手が足りず、猫の手を借りたいのが正直なところなんです」

これは心強い現場の声だった。

「まさにそこなんです。ぜひ我々がそういった人手不足を補える存在になれればと……」

「いいですね、応援しますよ。ちなみに永崎さんは、衛星や打ち上げプロセスについてはどのくらいご存知なのですか」

「それが……お恥ずかしい話、実は衛星がどんなものかすら、よくわかっていない状態でして」

「おお、それはなかなかのツワモノですね」

教授がからからと笑う。しかし勉強不足、知識不足は十分に自覚している。

「でも、実際そんなものなのですから、あまり悲観しないでくださいね。世の中はちょっとした宇宙ブームかもしれませんが、衛星の構造を理解している人なんてほんのひと握りに過ぎないですから。衛星が地球の周りを飛んでいることぐらいは何となく知っていても、どうやって飛んでいるのか、そこで何をしているのか、詳しいことは誰も認識していません。それに、宇宙について何も知らない人間が宇宙で事業を興す、それもまた一興じゃないですか」

「そう言っていただけると助かります……！」

「じゃあ、まずは衛星の構造の話から始めましょうか」

教授はそう言うと、近くの机に置いてあった衛星のモデルを手に取った。僕はバッグからノートとペンを取り出した。

衛星の電源、太陽光パネル、エンジンや姿勢制御の役割と仕組み。池谷教授の解説はさすがにロジカルでわかりやすく、研究室で開発中の衛星の特徴や、超小型衛星の開発が宇宙産業の活性化にどれだけ重要なことかも丁寧に説明してくれた。

考えてみれば、業界屈指の専門家による個人レッスンを受けているわけだから、実に贅沢な話だ。僕は集中して話を聞き、積極的に質問をした。

あっという間に数時間が過ぎ、一通りのレクチャーが終わる頃には、手元のノートはメモで真っ黒に埋め尽くされていた。窓から差し込む光も、すでに夕暮れであることを示している。

ちょっと長居し過ぎたかと反省しながら、「教授、今日は本当にありがとうございました」と礼を言った。まだまだ聞きたいことは山積みだが、自重せねばならないだろう。

「わからないことがあれば、またいつでもいらしてください」

「あ、あの。お礼と言っては何ですが。せめて今夜の夕飯を私にご馳走させていただけませんか？」

厚かましい申し出かとも思ったが、今はこれぐらいしかお返しできるものがない。するると、池谷教授はにっこりと微笑んだ。

「そうですか。じゃ、ご馳走になりましょう。まだまだお話ししたいことはありますし、続きは飲みながらやりましょうかね。——おい、東京からいらした社長さんがご馳走してくれるぞ。手の空いている者は一緒に来ないか」

教授は研究室の奥で作業をしていた数人の学生に声をかけた。おそらく、ざっくばらんなお酒の席で、衛星プロジェクトに携わる現場の声に触れさせてやろうというはからいだろう。その心遣いが身に沁みた。

果たして、手を挙げたのはいずれも衛星プロジェクトの主要メンバーである三人の学生だった。

おかげでこの夜の成果は十分過ぎるほどのものとなった。池谷教授のさらなる深い知見に触れることができたことはもちろん、三人の学生からは衛星開発に携わる現場のリアルな声を聞くことができた。そのどれもが僕にとっては新鮮で、彼らの言葉の一字一句を貪るように頭の中に叩き込み、そして自分なりに咀嚼した。

こうして池谷教授と話すまでは、衛星需要を掘り起こしてロケットに繋ぐ、仲介者的な立場こそが宇宙商社に求められる役割であるとイメージしていた。

しかし、衛星を打ち上げるためには煩雑な手続きをこなす必要があり、どうやらそれだけでは不十分らしい。そんな現場の事情を知れたことこそが、この日の一番の収穫だ。

開発に臨む技術者は、衛星そのものについては詳しくても、お役所的な事務手続きを苦手とする人も多い。また、衛星の利用法を考える経営者や事業担当者にしてみれば、ＪＡＸＡなどロケット側が規定する難解で高度な安全基準を見ても、おそらく理解できないに違いない。

しかし、これらを乗り越えなければ、衛星は打ち上げられない。この高いハードルを乗り越えるために、初動から伴走し、きめ細かなサポートを行なう役割が必ず求められるようになるはずだ。そして、その役割を担う存在こそが、僕たち宇宙商社なのではないだろうか。

宇宙商社の登場によって事業領域としての宇宙がより身近なものになれば、現状の構造の底上げに繋がり、ひいては新しい産業を作る土台となるに違いない。最終的に衛星をＪＡＸＡに引き渡すまでのすべての工程を、スペースＢＤがフォローする――。

まだまだおぼろげではあるが、僕たちが取り組むべき事業の輪郭が、少しずつ見えてきた気がした。

もちろん、衛星をロケットに載せるフローに、新参者である僕らが仲介業者として参入するのは、並大抵のハードルではないだろう。しかし、現に池谷教授のように

〝困っている人〟がいるのであれば、解決の道を模索するのは自然なことであるはずだ。

そこにどのような勝算があり、具体的にどれほどの利益が見込めるのかは僕にもまったくわからない。でも、日ノ本物産のような大企業であればともかく、僕らのような小さなベンチャーには、事業計画書など不要だ。

事業計画とはおかしなもので、下振れすることはもちろん、上振れすることすら良しとされないという、奇妙な矛盾をはらんでいる。これは大企業であればなおさらで、要は計画通りに売り上げを立て、組織として成長していくのが理想とされる側面がある。

しかし、何万人もの人材を養う組織であればともかく、社員数名のベンチャー企業は、もっともっと振り切れなければならない。想定のはるか上を行く爆発力を持たなければ、飛び抜けた存在になることはできないし、まして新しい産業を創出することなど叶わないだろう。

僕はお金を稼ぎたいのではない。世の中を良くする事業を創りたいのだ。いくら周囲が「儲からない」と言っても、その先の先を見据えて考えれば、やはり宇宙商社という存在は重要だ。

その反面、事業を継続するためには、お金が回らなければならないということも、僕はインド寺子屋プロジェクトで痛いほど思い知っている。だからこそ、もっともっと頭をひねらなければならない。

では、スペースBDに今不足しているものは何か？　それは間違いなく人材だろう。衛星とロケットの間に入ってあらゆる業務をとりなすのであれば、工学系全般に造詣が深いエンジニアが必要になる。

スペースBDの次の動きが決まった。

やってきた男

社名変更から三カ月。スペースBDに新しい人材がジョインした。日ノ本物産の後輩である金澤という男だ。

金澤は同じ大学の八年下で、おまけに僕と同じテニス部出身という、いわば後輩中の後輩である。日ノ本時代に彼がOB訪問を申し込んできたことが出会いのきっかけだった。

金澤もまた、卒業後は日ノ本物産に入社し、同じ営業本部で働いていた時期もある。

彼は僕を慕ってくれていたし、僕も彼を弟分として可愛がっていた。

その金澤が日ノ本物産を去ったのは僕とほぼ同時期のことで、やりたいことを探したいという一心から彼は、オーストラリアでMBAを取得していた。

元来、優秀な男であるから、自分でビジネスをやりたい、起業のチャンスを探したいと望むのも当然のことだろう。定期的に連絡を取り合う中で、思うように道が決まらず喘いでいる雰囲気がしばしば窺えたが、彼もまた、いずれ起業家として打って出る人物だろうと僕は想像していた。

そんな金澤が我が家に押しかけてきて、「永崎さん、宇宙ビジネスをやるって言ってましたよね。僕も参加させてくれませんか」と言ったのは、スペースBDが誕生する一カ月前のことだった。

何でも、オーストラリアでMBAを取得した後、誘われるままいくつかの企業に籍を置いたものの、そこに自分が望む世界はなく、心身をすり減らすばかりの日々を送っているという。

そんな中、僕の宇宙ビジネスへの転身にピンとくるものを感じ、居ても立っても居られなくなったらしい。

「どんな仕事でもやります。給料もいくらだって構いません。永崎さんの事業に参加させてほしいんです！」

金澤のこうした力強い言葉は珍しい。本来、これほど押しの強い男ではないだけに、どこかただ事ではないムードが漂っていた。

突然の思いがけない申し出に僕は大いに困惑したが、悩めるその姿にかつての自分の姿を投影してもいた。

あくまで今欲しているのはエンジニアであり、自分と同じ文系で、宇宙関連の知識や経験のない金澤をこのタイミングでジョインさせることは、経営者として決して適切な判断とは言えないだろう。

何より、赤浦の出資を受けたといっても、資金にはかぎりがある。優秀なエンジニアを雇うために余力を残しておきたいのが本音だった。

それでも、「じゃあ、一緒にやってみるか？」という言葉が自然に出たのは、自分でも予期せぬことだった。

兄貴肌を気取りたかったわけではない。情にほだされたわけでもない。

ただ、縁をもらい、運をもらい、恩で返すのが僕の信条だから、自分を慕い、頼ってくれる相手に手を差し伸べないわけにはいかないという思いが強かったのだ。

おそらくこれには、独立後の様々な経験が大きく影響しているのだろう。僕はこれまで、ここに書けないことも含めて、たくさん人から騙されてきた。それでもなお思うのは、騙されることを恐れて人に心を開かず、失われる機会よりも、人を信じて得られるもののほうがはるかに大きいということだ。これは単純な損得の話ではなく、人生を豊かにするためには、人を信じることで得られるものこそが大切だと思うのだ。

事業内容や将来性ばかりを見て舵を取るよりも、最終的にどのような結果になっても僕が納得するには、「人」を見て進路を決めなければならない。その点、金澤は絶対的に信頼できる男なのだ。

僕の言葉に、金澤は「本当ですか！」と顔を輝かせた。

「といっても、スペースBDは駆け出しのベンチャーだから、明日や来月はともかく、来年どうなっているかわからない。誰かがメシを食わせてくれる保証も一切ない。一人ひとりが自分で道を切り拓いていかなければならない会社なんだ。その覚悟はできているんだよな？」

「もちろんです。永崎さんが宇宙ベンチャーの雄と認められるまで、全力でやります」

「よし、なら決まりだ！」

金澤はこの時、ある中小企業に籍を置いていたが、「心身を洗濯したい」と、退職後から入社までに一カ月の猶予が欲しいと希望した。どうせ参加するならすぐにでも、という気持ちはお互いにあったが、スペースBDにとってもこの節目に心身の疲弊をすっきりとクリアにしてもらったほうがいいだろう。

その日、僕たちは日ノ本物産時代の思い出や宇宙事業の今後について気の向くままに語り合い、夜更けまで飲み続けた。当面の進路が決まった金澤は、うちへやってきた時とは別人のように晴れやかな顔をしていた。

なるほど、人は進むべき道が見えない時ほど不安を感じ、ストレスに塗れるものなのだと、あらためて感じたものだ。エネルギーを向ける先が見つからない焦りは時に、身をすり減らすほど多忙を極める状況よりもはるかに苦しいということを、僕自身、身をもって知っている。

しかし、やりたいことを見つけるというのは本来、並大抵のことではないのだ。人は気楽に「何がやりたいの?」との質問を口にするが、実はこれは、なかなか残酷な問いなのかもしれない。「やりたいこと」がすんなり見つかるのであれば誰しも苦労はないだろう。

だから僕は、苦しみ抜いた末に宇宙商社という事業ドメインに到達した時に、急速に世界が開かれたような、不思議な高揚感を覚えたのだ。

逆に言えば、「やりたいこと」を見つけるというのはそれほど難しいことなのだから、焦る必要などないだろう。そのうち縁あって、具体的な何かを見つけられたのなら儲けもの。それだけで人生は最高だ。後はただ、熱中すればいい。そのうえで「どう生きたいか」は自分で決められる。そしてそれを貫くことが重要なのだ。

悩み、苦しむことは無駄ではない。大切なのは、そこでどれだけ自身と向き合い、「どう生きたいか」を判断基準にしながら、自分の可能性を信じて進み続けられるか、だ。

金澤がこうして苦しんだ末に、スペースBDへのジョインという解にたどり着いたのも縁あってのことであるし、その縁を呼び込んだのは彼のこれまでの苦労があればこそだろう。

そこまできたら、覚悟を決めて、縁に流される。そんなスタンスがあってもいいのではないだろうか。

そう考えると、金澤という男がこれからスペースBDでどれだけ力を発揮してくれるか、共に歩む将来が楽しみでならなくなってきた。

野口という大切なパートナーに、金澤という人材が加われば、僕にとっても百人力。

想像するとワクワクと胸が高揚し、一杯、二杯と快調にビールの杯数が進んだ。

果たして、この予定外の金澤の加入に、僕は大いに助けられることになるのだが、それを実感するのはもう少し先のことである。

エストニアでの出会い

二〇一七年の十一月、僕はエストニアに飛んでいた。目的は宇宙産業のシンポジウムに参加することだ。

シンポジウムの内容は、衛星から撮影できる画像や測位データをどうビジネス活用するかなど、主にソフトウェアに関することが中心だった。

こうした技術の各論的な話は宇宙商社の事業とは直接関連しない。しかし、まだまだ知識に飢えている自分にとっては、あらゆることが興味深かった。

また、シンポジウムは世界中から関係者が集まるため、ネットワークを広げる貴重な機会でもあった。シンポジウムの参加者は、自社の情報などを登録することによって他の参加者とオンラインで交流できる仕組みになっていた。

僕はこの仕組みを利用して、さっそくいくつかの会社にアポイントを申し入れた。

宇宙産業のトレンドをつかむため。そしてスペースBDという会社が日本に存在することを知ってもらうためである。

「ぜひ会いましょう」

そんな色良い返事をくれたのは、スペインに本社を持つサトランティスという会社だった。社長のファン・トーマスと事業ディレクターの女性、二人と話すことができた。

サトランティスは高性能カメラを作るベンチャー企業で、同社のカメラを衛星に取り付けることによって高解像度の画像データを取得できるのが売りだった。

ファンはその場でバッグから資料を取り出し、我が子を愛でるようにして性能の高さを熱心に説明してくれた。

彼らが開発に力を入れているのは、それだけ衛星画像データを使う需要がこれから伸びると予測しているからだ。この点は、僕の考えとも一致している。

「素晴らしい技術ですね」

感心してそう伝える。

「だろう？　うちの技術者たちが作り出した作品だ。私は芸術だと思っている」

ファンがにこやかに言った。その言葉遣いから、彼が社員を大事にするタイプの経営者であることがうかがえ、僕はいっそう好感を持った。

ファンが社員を愛し、社員は愛情に応える。全員が目標を共有し、全員で成果を喜ぶ。可能性と成長に向かって理想的な環境で働いている姿が目に浮かぶようで、それこそまさにスペースBDが目指す組織の姿だった。

「ところで、スペースBDもベンチャー企業のようだね。どんな事業をしているんだい？」

さて、困った。説明しようにも、誕生したばかりのスペースBDには、ファンのように堂々と発表できる製品もサービスもなかったからだ。

「実はまだ、何の実績もないんです」

僕は少し考えた末、素直にそう伝えた。しかしその代わりに、頭の中にある構想を話すことにした。

中小企業や大学などが開発する小型衛星の打ち上げ需要を掘り起こし、打ち上げるのに必要な手続きなどを支援する。そんなサービスを事業化したいというビジョンを、僕はファンに負けない熱量を込めて説明した。

「面白いじゃないか。ちなみに、どこのロケットを取り扱うつもりなんだ？」

ファンが言う。

「それが……、あいにくＪＡＸＡはまだ事業を民間開放していないので、まずはインドのロケットをあたってみようと考えています」

「なるほど。先方の反応はどうだい？」

「ええと、実際にコンタクトを取るのはこれからなんです。実はまさにこのあと、エストニアからインドへ向かうつもりで……」

要するにまだ机上の空論の域を出ず、何も手がついていない状態なのだということを、僕は正直に明かすしかなかった。

すると、そんな僕の様子を見て、ファンの隣にいたディレクターの女性が、あからさまに呆れたように息をついた。

サトランティスはカメラを載せて打ち上げる手立てや、カメラの精度を実証実験できる機会を探している。その要望にスペースＢＤは応えられないと判断したのだろう。悔しいが、それは間違いではない。

ディレクターは、これ以上は時間の無駄であるとアピールするように、腕時計を見る。何とも情けない気持ちになったが、唯一の救いは、ファンが僕の話を面白がってくれたことだった。

「小型衛星のマーケットは私もこれから需要が伸びると思っているんだ」

「本当ですか」

「宇宙には魅力がある。この空間は国やお金持ちだけの空間ではない。実験、研究、ビジネス、遊びなど、あらゆる使い方が広がってこそ宇宙産業は広がっていく。君もそう思っているんだろう」

「その通りです。国内外のあらゆる人が、打ち上げのハードルが下がるのを待っています。先日も日本のとある大学に行ってきました。教授と学生たちが作る小さな衛星が、まさにこれから打ち上げられようとしています。その手伝いをすることに我々は意義を感じますし、商機もあると思っているんです」

僕がそういうと、ファンはさらに面白がってくれた。ベンチャー企業の社長として、熱意を持って取り組む僕の姿に共感したようだ。

それからしばらく、僕らはこれからの宇宙産業の発展について語り合った。宇宙産業を活性化していくために、サトランティスはハード開発、スペースBDはサービスからアプローチするという点は違ったが、市場をより多くの人に開放し、盛り上げていきたいという目標は同じだった。

「……そろそろ次のアポイントの時間ですが」

盛り上がる様子を冷静に見ていた女性ディレクターがそうファンに耳打ちする。気付けば僕らは三〇分以上も話し込んでいた。よほど馬が合ったということだろう。

「話ができてよかったよ」

「こちらこそ、勉強になりました」

「宇宙業界は狭い。またどこかで会うことがあるだろうね。幸運を祈るよ」

最後にファンと握手をし、再会を約束した。

彼らが作るカメラをより多くの人に使ってもらえるようにするために、自分たちは需要を掘り起こし、衛星打ち上げの裾野を広げなければならない。あらためて強い刺激をもらえた気がした。

民間開放

そんなある日、スペースBDにさらに新たな人材が加わった。大学時代からの盟友、田代である。

「スペースBD、随分と面白そうなことになってるじゃないか。俺にも手伝わせてくれないか。何でもするよ」

家業である防衛・宇宙の機器輸入業は安定的に利益を得ていたが、経営は実兄が継いでいることもあり、彼としては将来を見据えた新規事業として、ニュースペース（新しい宇宙産業）に関わることを考えているという。つまりこれは個人としての興味ではなく、あくまで会社としてのシナジー発揮を模索するためのパートナーシップの申し入れだ。

しかし、受け入れようにも彼に見合うポストがないので困ってしまう。バックオフィスまわりは野口や業務委託の人員で十分に賄えているし、いきなり営業に出すわけにもいかない。まして、ドの付く文系である彼に、エンジニアリングができるわけもない。

それでも、収入がなくて苦しんでいたインドプロジェクト時代を支えてもらった恩人でもある彼の希望にはできるかぎり応じたいと、ひとまず「事業開発担当」という肩書きを設けることにした。会社間シナジーの発揮を模索するため、部品やコンポーネントの取り扱いを含めたなんでも屋のようなポジションで、週三日の出向契約だ。

事業がどんどん忙しくなっていく中で、気心の知れた田代の存在は、僕としても非常に心強かった。

スペースBDが誕生して約三カ月後の二〇一七年十二月。JAXAが国際宇宙ステーション（ISS）の日本実験棟である「きぼう」から船外に超小型衛星を放出する事業を、民間の事業者に開放すること、その事業者選定の公募を行うことを発表した。これは宇宙産業に関わるすべての人間にとってのビッグニュースだった。

ISSで超小型衛星を放出できるのは「きぼう」だけで、これまではJAXAが主体となって超小型衛星の放出需要をつかみ、国内の大学・企業が開発した衛星やNASAとの提携に基づく海外の衛星などを累計二〇〇機ほど放出してきた。

この業務を民間の事業者に開放する。つまり、JAXAが独占的に行なってきた「きぼう」からの衛星放出事業の権利を、民間企業に移管するというのが今回の発表の要点である。

JAXAの狙いは、民間開放を通じてより幅広い層に向けた需要開拓を進め、衛星放出の利用を活性化させることだ。

JAXAから選定された民間事業者は、顧客獲得から価格設定、契約締結といった一連の業務を行なう。また、衛星打ち上げは厳しい安全基準を満たす必要があるため、そのための準備や安全性の確認業務も選定された事業者が担うことになる。

そしてJAXAに衛星を引き渡し、最終的な安全確認、「きぼう」への輸送、宇宙空間への衛星放出、というのが大まかな流れである。これはつまり、JAXAの資産を用いて自由にビジネスをやっていい、と言っているのに等しい。

この発表に、社内はにわかに色めき立った。

「――これ、まさにスペースBDのために作られたようなチャンスじゃないか？」

田代が言う。

「そうだな。自分は運が良いほうだと思っていたが、まさか会社を設立して三ヵ月後にこんなチャンスが来るなんて……」

超小型衛星の打ち上げは、スペースBDが主戦場と定めた市場だ。今後の戦略として、需要開拓からロケット側に衛星を引き渡すまでのプロセスを一気に引き受ける事業モデルを作ろうと決めたばかりだった。

JAXAの選定を受けることができれば、需要の開拓や獲得に向けた営業活動も桁違いにやりやすくなるだろう。

そのために必要なものは何か。まずは顧客獲得の実績だ。

JAXAの選定を受けるためには、理論や構想だけでは不十分。需要を掘り起こし、案件を持ってくることができる会社だと実績によって証明しなければならない。

どこかに実績になりそうな案件はなかったか。

過去に出向いた企業や大学などを思い出した。国内外を飛び回り、スペースBDを高く評価してくれる会社といくつも出会えたし、実際に相談も増えている。

ただ、すぐにでも商談に進みそうな企業は思い浮かばない。

衛星打ち上げに興味を持つ人は多いが、ほとんどがまだ検討段階にあるか、計画にすら着手していない状態だった。

とにかく実績を作ろう。そのためには引き続き国内外を飛び回るしかない。――いや、引き続きという感覚ではダメだ。今まで以上に積極的に動いていかなければならない。

そう考えると、いてもたってもいられなくなり、僕はカレンダーアプリを開いて次のアポイントがいつだったか確認する。

数打てば当たるとはかぎらないが、少なくともじっとしている時間があるなら、とにかく手足を動かしたい。

需要はどこかに眠っているはずだ。それを掘り当てる確率を上げるためには、もっと人に会い、もっと情報を貪るべきだろう。そして衛星活用のアイデアを練って、興味を持ってくれる人を増やすのだ。

そう考えて、コツコツと貯めてきた会いたい人のリストを出し、アポイントをとるために連絡をした。

世界にはまだ、「きぼう」から衛星を放出できることを知らない人のほうが圧倒的に多い。NASA、JAXA、ESA（欧州宇宙機関）の間には提携があり、たとえばアメリカで開発した衛星をJAXAが打ち上げたり、欧州で開発した衛星の部品をNASAのロケットに積んでISSに持っていったりすることができるが、そういう仕組みですら十分に周知されているとはいえない。

宇宙産業にかぎらず、PRが不得手なのは日本人の国民性のようなものだろう。技術畑の人材が多いこの領域では、いっそうその傾向が強いように感じる。

でも、知られていないなら、自分が知らせに行くべきだ。七大陸すべてを回り、あらゆるカンファレンスやシンポジウムに参加し、JAXAの宣伝係になったつもりで「きぼう」について知ってもらおう。

民間事業者の選定は、公募で行なわれるという。人材と実績の面で不安はあったが、JAXAの事業に貢献すればそれも少なからず評価されるはずだ。

「この選定、狙いに行くんだよな？」

田代が僕に言った。

「もちろんだ。スペースBDの今後を決める重大なチャンスだよ。全力で取りに行こう……！」

本当の意味でのチャレンジが始まった。

古巣との競合

赤浦から連絡があったのは、ＪＡＸＡの発表から数日を経たある日のことだった。

「追い風が吹き始めましたね」

開口一番、赤浦が言う。

「僕もそう感じています。このチャンスは逃せません」

スマホを持たないほうの手に、ぐっと力がこもる。

「何か具体的な対策はあるんですか？」

「兎にも角にも、実績づくりを急がなければならないと思っています。ただ、やはり衛星を打ち上げたいというクライアントを見つけるのは、至難の業ですね……。正直、困っています」

「それについては申し訳ない。ソフトウェア系の分野なら実績になりそうな会社を紹介できるのですが、今のところ私も心当たりがありません。大事な時期に貢献できず、すいません」

「何をおっしゃるんですか。赤浦さんには十分過ぎるほど支援していただいています」

僕は本心からそう答えたが、赤浦はもどかしさを感じているようだった。

「必ず実績を作りますから。見ていてください！」

自身に活を入れるつもりで、あえて強めの口調でそう言うと、赤浦はフフフと電話口で笑いをこぼした。

「どうしました……？」

「いえね、永崎さんはいつでも永崎さんらしくいる人だなと、ふと思ったもので」

「そうでしょうか。僕が僕らしく、というのは……？」

「永崎さんを見ているといつも、自分にとって最も気持ちのいい生き方を求め、そのための努力を惜しまないように見えるんです。そして、それは僕のスタンスともまったく同じものなんですよ」

言われてみれば、確かにそうかもしれない。

「その、気持ちのいいチャレンジを続けている姿に惹かれるから、永崎さんのまわりにはいつも素敵な人材が集まってくるんでしょうね」

赤浦はそう言うと、「それではまた」と電話を切った。最後の言葉がエールのように耳に残った。

とにかく道を切り開かなければならない。ここが正念場だ。

JAXAの選定を目指して、日ノ本物産も名乗りを上げると聞いたのは、それからしばらく経ってからのことだった。

「よりによって、ここで古巣とライバル関係になるとはなあ……。因縁めいたものを感じるよ」

僕がそう言って笑うと、隣で野口が「本当ですね」と同意した。

日ノ本物産は超小型衛星の需要獲得だけでなく、衛星で取得する画像分析のサービス化なども視野に入れているという。規模、ブランド力、リソースなどあらゆる面で日ノ本物産のほうが有利なのは明白だ。

「煽るつもりはないけどさ、ここは永崎にとって独立した意味を問われる大事な勝負所だよな」

田代が言った。その通りだと思った。

自分で意思決定し、自分で事業を作り出す。そのために日ノ本物産を出て、スペースBDが生まれた。その判断が正しかったことを証明するには、今回の選定で日ノ本物産に勝つしかないだろう。

敵は日ノ本物産だけではない。今回の公募には、他にも複数の有力なライバル企業が手を挙げていたからだ。

業界内には選定レースの主役と目される、老舗のエンジニアリング会社が複数あった。とりわけそのうちの一社は大本命で、衛星開発の支援や「きぼう」の運用などを手がけ、すでにJAXAから定期的な受託がある強敵だ。そうした難敵を押しのけて選定を勝ち取ろうというのは、新興ベンチャーにとっては今のところ、雲をつかむような話であるとしか言いようがない。

なお、JAXAは「きぼう」初の民間開放案件であったためか、二社選定することを明かしている。それでも、並み居る老舗のエンジニアリング会社に加え、日ノ本物産という大手までが参画してきたのだから、スペースBDが大穴扱いとされるのは当然のことだった。

他方では、良い効果も生まれていた。

設立一年に満たないベンチャー企業が、老舗企業や日ノ本物産らと同じ土俵で勝負に挑んでいることが話題になり、スペースBDの認知度がさらに高まったのだ。

ほどなくして日ノ本物産は、アメリカの宇宙関連ベンチャー企業に出資することを発表し、着々と選定に向けた取り組みを進めた。

スペースBDもメディアを通じて知名度を高め、以前に増して衛星打ち上げの相談が増えていた。しかし、やはりそう簡単に商談はまとまらない。

足りないのはやはり人と実績である。選定を受けるためにはどうしてもこのふたつが必要だった。

ある夜、僕はアメリカのジェフリー・マンバーにスカイプで対話を申し入れた。ジェフリーはISSの商業利用の先駆者、ナノラックスのCEOだ。オンラインとはいえ、顔を合わすのは夏にワシントンで会って以来ということになる。

「やあ、その後どうしてる——?」

「おかげ様で順調にやってますよ。実は、日本で大きな動きがありまして。JAXAがISSからの衛星放出に関して民間開放を決め、その事業者の公募をまもなく実施するんです」

「何だって? スペースBDもそこに名乗りを上げるのかい?」

「そのつもりです」

「ということは、ナノラックスの競合相手になるってことか……。いや、待てよ。どのみち他の会社が選ばれるなら、スペースBDに勝ち取ってもらったほうが、うちとしてもありがたいのかもしれないな」

ジェフリーは頭の回転の早い男で、こちらが多くを語るまでもなく、勝手に思考を巡らせ、納得したようだった。

ナノラックスとの良好な関係は、僕らにとってきっと大きな武器になるはずだ。

初オーダー

そんな中、防衛分野のスペシャリストである倉本から、思いがけない話が舞い込んできた。

「もしかしたら、スペースBDの実績に繋がるかもしれない話があるのですが」

「え、本当ですか？　一体どんな案件でしょう」

「私の知り合いの東大の准教授が、宇宙空間での実証実験を計画しているんです。実験するのは小型エンジンで、すでに打ち上げに向けた具体的な計画も進んでいるそうです」

「なるほど……」

「ところが、大詰めのこの段階で、手続き面で少々問題が起きているようなんです。それで相談に乗ってくれる人がいないかと聞かれて、もしかすると永崎さんなら力になってあげられるのではないかと思ってご連絡を差し上げました。永崎さんにとってこれがいい話なのかどうかはわかりませんが、宇宙の領域では高名な先生ですから、何かのご縁になればと思いまして」

「ありがたいです。さっそく連絡をとってみます。どんな相談にも応じてみせますよ」


倉本が仲介してくれたのは、東京大学で小型衛星の技術実証を研究している小泉宏之准教授だった。僕はさっそくアポイントをとり、文京区の東大キャンパスへと向かった。


小泉准教授の研究室を訪ね、挨拶と簡単な自己紹介を済ませると、准教授はすぐにエンジンの模型を見せてくれた。

「こちらが、超小型衛星に搭載するエンジンです」

小泉准教授の言葉を聞きながら、銀色に光る小さな小箱を見つめた。

僕にはそれが何をするものなのかわからず、どうやって作動させるものなのかもわからなかったが、准教授はこのエンジンを宇宙に持っていきたいという。

「従来の超小型衛星用のエンジンは、毒性のある燃料を用いています。そのため、安全性の観点からISSに持ち込むことが困難です。しかしこのエンジンは水を推進剤としており、地上での取り扱いもISSへの輸送についても安全性が格段に向上します。これを宇宙に持っていき、実際に動くことを証明したいのです」

倉本から聞いていた通り、淀みない説明からその実力が窺える。聡明なだけでなく、物腰の端々から自然に醸し出される人間味に、僕は大きな魅力を感じた。

「それは素人目にも素晴らしい価値を感じます。ところで、何が問題なのでしょうか」

「費用なんです」

「費用？」

「ええ。もちろん打ち上げに向けた予算は獲得していますが、精算払いでの入金でして……。ところが、JAXAに払う費用は前払いなんです」

小泉准教授はここで初めて、少し困ったような表情をした。

要するに、政府の研究開発プログラムで予算は確保できているのだが、受け取るタイミングは実験終了後になってしまうということだ。

ならば、JAXAに事情を伝えて支払いを少し待ってもらえるよう交渉するのがベストだが、国の機関であるJAXAはこの手のルールに厳格だ。特例を認めるわけにはいかず、お互いに苦しい状況なのだという。

僕はどうしたものかと腕組をした。すると、ふと素朴な疑問が頭をよぎった。

「ところで先生。このエンジンがうまく稼働すると、衛星打ち上げはどう変わるんですか?」

「水で動くエンジンを搭載した衛星はありません。実験がうまくいけば世界初になりますし、超小型衛星の寿命が長くなるため、利用可能な領域も広がるでしょう」

「需要が広がるということですか」

「ええ。すでに超小型衛星は地球観測や通信などに使われています。寿命が長くなれば、エンターテイメント業界の利用なども増えて、様々な分野での活用が進むはずなんです」

この話を聞き、僕は何としてもこのエンジンを宇宙に運ばなければならないと、強く思った。水由来エンジンの将来は、きっと宇宙産業の裾野拡大に貢献するはずだ。

ならば、ここは思い切るしかないだろう。僕は小泉准教授にこう提案した。

「その費用、スペースＢＤで建て替えさせてもらえませんか」

「何ですって？」

「このエンジンの実験は、今後の宇宙産業のために必要な実験なのだと理解しました。それは我々にとっても有意義なことです。そのためにお金の建て替えが必要なら、我々は喜んでお貸しします」

「こちらとしては助かりますが……、本当にそれでいいのですか？」

「はい。ただ、ひとつだけお願いがあります。これから発生するＪＡＸＡとのやり取りなど、打ち上げを成功させるまでのプロセスを、ぜひスペースＢＤにお手伝いさせていただきたいのです」

「それは願ってもないことですが……」

「スペースＢＤはいま、衛星打ち上げに関わったという実績と経験を必要としています。先生が造ったエンジンをスペースＢＤが『きぼう』に持っていくという実績と、そのプロセスの経験が是が非でもほしいのです」

「そういうことでしたら、こちらも喜んでご協力させていただきますよ」

「ありがとうございます！」

建て替え費用はざっと八〇〇万円。

赤浦の出資によって一億円のキャッシュがあるとはいえ、これはスペースBDとしても思い切った決断である。

要するに、東京大学はスペースBDと契約を結び、スペースBDはJAXAと契約を結ぶ。そしてエンジンが完成したら、安全審査を通すための手続きをサポートし、JAXAに受け渡す。順調にいけば、一年後には衛星が打ち上がるだろう。

そして、この八〇〇万円がスペースBDにとって初の売り上げとなり、初の実績となるのだ。

商談は成立した。しかし、これが本当に正しい決断であったのかどうかはわからない。この八〇〇万円によって、選定が有利に運ぶとはかぎらないからだ。

僕は大学の門をくぐって歩きながら、いつまでも思考を巡らせていた。

オフィスに戻ってすぐに、僕は初受注が成立したことを野口や田代に伝えた。

「そうか、とりあえず実績作りはクリアできたわけだ」

田代が言った。

「となると、残る問題はひとつですよね」

今度は野口が言う。彼女の言わんとすることは明白だ。スペースBDに決定的に不足しているのは、やはりエンジニアである。

現状は、実績あるエンジニアを何とか口説き、パートタイマーとして最低限の契約を結んでいる状況だった。JAXAから見れば、任せたはいいが技術は素人……というのでは話にならないだろう。

そこで僕は、その場ですぐに、人材採用のプロである渡辺に連絡を取った。日ノ本時代に連絡をくれたヘッドハンターの渡辺は、今ではスペースBDの社外アドバイザーを務めてくれている。しかし、芳しい返事は得られない。

「うーん、つてをたどって何人か口説いてみているのですが……。あまり反応がよくないんですよね。エンジニアなら誰でも対応できる分野ではないですからね」

まさにネックはそこだ。スペースBDが求めているのは、衛星開発者やJAXAと対等に話ができる知識と知見を持った人材なのだ。

その上で、事業の方向性や可能性を議論し、課題解決に向けて手を取り合い、成果を共に喜ぶ。そんな仲間が必要だった。

技術者集団

僕は紹介者である倉本に電話をかけ、東大の案件がスペースＢＤの初受注に繋がった旨を報告し、丁重に礼を言った。

「そうですか！　お役に立てて良かったです。それにしても思い切ったことをされましたね」

倉本が嬉しそうに電話口で声をあげる。

「本当にありがとうございました。こちらもホッとしています」

「もしかすると准教授から難題を相談され、困らせてしまうかもしれないと心配もしていましたが、永崎さんならきっとうまくまとめてくれると信じていましたよ」

「いえ、こちらはもう、泥臭く突き進むしかない状況ですから。ありがたいですよ」

すると倉本が電話口でふっと笑った。

「スペースＢＤという会社は、本当に永崎さんそのものですよね」

「……と、言いますと？」

「愚直で誠実。常に真っ向勝負で挑戦していく姿勢は、スペースＢＤの魅力であり、強みでもあると思います」

「何だかそうやって聞くと、私のやり方は古いですね。もっとスマートにやりたいところですが……」

「たとえスマートであることがトレンドだったとしても、熱い気持ちをもってぶつかりたいと思っている人も、まだまだ多いと思いますよ。日常がスマートである人ほど、熱く取り組んでいる人や会社が魅力的に見えることもあるでしょうし」

「なるほど……。それがスペースBDのひとつの長所になればいいのですが」

「引き続き、私にできることがあれば何でも相談に乗りますから、言ってくださいね」

心強い言葉だった。ここで咄嗟に、こんな言葉が口をついた。

「さっそくお言葉に甘えてしまうようで恐縮なのですが……、実はエンジニアを採りたいのですが、なかなかうまくいかなくて困っているんです」

僕は打ち上げサービスを担える体制を作りたいこと、コミットできるメンバーを探していることなどを倉本に話した。

もしかすると彼なら、この業界における効果的な求人の出し方を知っているかもしれない。そう考えてのことだったが、これは虫のいい期待だったようだ。

「うーん、正直なところ、永崎さんが求めるような優秀で熱いエンジニアは少ないと思いますよ。採用は縁や運に左右されますから、地道に探すしか方法はないでしょうね」

「やはり、そうですか……」

「だから、少し発想を変えてみてはどうでしょうか」

「と言いますと？」

「たとえば、外部と提携するとかエンジニアリング業務を委託するとか」

「提携、ですか」

「ええ。業界にはいくつかエンジニアリング専門の会社があります。早急に体制を整えるのであれば、自社でエンジニアを確保するよりも提携や外部委託を考えた方が現実的だと思いますが」

「なるほど」

確かにその発想はなかった。いずれエンジニアは自社で調達しなければならないだろうが、今は選定に向けて急ピッチで体制を整えることが最優先だ。自社の人材でなくとも、チームとして必要な技術力を確保できればいいのだ。

「たとえば、スペースＢＤと組んでくれるという確約はできませんが、宇宙技術開発株式会社という会社にあたってみる価値があると思いますよ」

倉本によると、宇宙技術開発株式会社――通称SEDは老舗のエンジニア会社で、優秀なエンジニアを多く抱えているという。長年にわたってロケットの打上げや衛星・ISSの運用に関するエンジニアリングサービスを提供し、豊富な人材を武器に日本の宇宙活動を支える技術者集団だ。

JAXAとの繋がりもあり、もしスペースBDとの業務提携が成立すれば、頼もしい味方となるに違いない。僕はさっそく連絡先を聞き、あたってみることにした。

僕が金澤と共にSEDのオフィスへ向かったのは、それから数日後のことだった。

「こちらの話に乗ってくれるでしょうか……」

道すがら、金澤が不安げに言った。

「さあ、それはわからない。でも、いつものように正面突破するしかないからな。理屈こねるより、真摯に思いの丈をぶつけてみよう」

僕は自分に言い聞かせるようにそう言った。

もし断られてしまったら――、時間的な制約を考えても、いよいよ万策尽きることになる。僕は気持ちを引き締めてSEDの受付へと飛び込んだ。

ＳＥＤ側は現場のエンジニアリングチームの担当者が対応してくれた。

狭い業界ということもあり、すでにスペースＢＤが民間開放の選定を狙っていることは把握していたようで、担当者は「業界きっての〝時の人〟が、一体どんな人で、どんな会社を作ったのか興味があったんですよ」と笑顔を見せた。

「今回は単なる挨拶まわり、というわけではありませんよね？」

「はい、お願いがあって参りました」

「どんなことでしょう」

「我々がＪＡＸＡの民間開放枠を狙っていることはご承知だと思います」

担当者がうなずく。

「宇宙商社をコンセプトとする我々としては、ＪＡＸＡの選定はどうしても逃せません。そこでぜひ、御社のお力をお借りできないかと考え、こうしてお時間をいただいた次第です」

「なるほど」

「私たちの業務モデルは、衛星打ち上げの需要を掘り起こし、衛星をＪＡＸＡに引き継ぐまでの一連の業務をワンストップで担うものです。しかし当社には今、エンジニアが致命的に不足しています。そこで、ＳＥＤさんに業務提携をお願いしたいのです」

「つまり、スペースBDさんが営業をして、我々SEDがエンジニアリングを担当する、ということですか」

「はい。スペースBDも将来的には自社でエンジニアを採用していく予定です。しかし、その将来のためにも今はまず、JAXAの選定を勝ち取る必要があります。そのためにSEDさんの力を貸していただきたいのです。勝手ながら、SEDさんとはお互いの強みを生かせる役割分担が、無理なく成り立つと思うんです」

さて、どう出るか——。

「事情は理解致しました。うちもマンパワーに余裕があるわけではないですし、私の一存では判断できかねますので、まずは上に報告し、検討させていただきたいと思います」

「ありがとうございます。宜しくお願いします」

しかし、SEDのリアクションは芳しいものではなかった。

即日、断られることこそなかったが、なかなかOKの返事が引き出せない。時折、担当者から「もう少し詳しいお話を……」と声がかかり、すぐにすっ飛んでいってスペースBDの現状や今後の展望について熱弁を振るうことも何度かあった。

やはり、設立から半年に満たないベンチャーとの提携には、慎重にならざるを得ないのだろう。

僕はJAXAの民間開放枠という大きなチャンスが、手の中からするりと抜け落ちていく気がして、どんよりと暗い気分に陥っていた。

第三者割当増資

朗報は唐突に飛び込んできた。

「永崎さん、ご提案いただいたお話、SEDとしてもぜひ引き受けさせていただきたいと思います」

電話口で担当者が言った。

「え、本当ですか……!」

正直なところ、おそらくもうダメだろうと諦めかけていた矢先のことである。実績をほとんど持たないスペースBDとの取り引きを決めるのは、きっと難しい判断だったに違いない。

「SEDは業界で約四〇年の歴史を持つ会社です。進化を続ける宇宙産業の中では老舗ということになりますが、その立場に甘んじることなく、新しいことに挑戦していかなければなりません。弊社としては、ベンチャー企業との提携もそのひとつだと判断させていただきました。それに、スペースBDさんの前評判も物を言ったのではないですか」

「前評判?」

「ええ。勢いあるベンチャーが出てきた。予備知識なしで宇宙業界に飛び込んできた社長がいるらしい。そういう話を我々も界隈でよく耳にしていましたから」

「褒められていると受け取っていいのでしょうか」

僕は頭をかいた。

「期待があるんですよ。宇宙産業は、産業そのものは成長していますが、市場参入の障壁があります。宇宙工学を学んだ一部のエリートしかかかわってはいけないといった閉塞的なイメージがありますし、実際、閉鎖的な雰囲気もまだまだ拭えません」

その通りだと思った。

「そんな現状を変えてくれる。老舗や既存の市場のプレーヤーにはできそうにないことを、スペースBDなら難なくやってのけてしまうのではないか。そんな可能性を感じている人は多いのではないでしょうか」

「ありがとうございます……！　期待されている以上、全力で応えるしかありません。一緒に宇宙産業を盛り上げていきましょう」

「よろしくお願いします。では、手続きの細かい話はあとでまた連絡いたします。取り急ぎ、上の了承を得たことだけお伝えしたかったので」

そう言うと、担当者は電話を切った。ついに必要な体制は整った。


また、そうした動きに呼応するように、スペースBDの資本の面でも新たな動きがあった。

赤浦から出資を受けた一億円は、ほぼそのままキャッシュとしてキープしていたが、それでもこれから大手資本と戦い、JAXAに認めてもらうためには、経営基盤を強化するに越したことはない。そこで赤浦と話し合った結果、再度、第三者割当増資を行ない、赤浦と共に新株を引き受けてくれる第三の出資者を探すことを僕たちは決めたのだ。

目標金額は、赤浦の追加出資一億円に加えて、もう一億円。つまり、合計二億円の増資だ。

しかし、まだ何の実績もないこのタイミングで、一億円もの出資に二つ返事で応じてくれるVCとなると、さすがの赤浦もすぐには思い当たらないという。そこで僕は、これまで幾度となく力を借りてきた、ある人物の存在に思い至る。AOKIホールディングスの青木会長である。

そもそもスペースBDは、前身であるナガサキ・アンド・カンパニー時代から、青木会長のサポートを受けてここまでやってきた企業だ。そして青木会長は日頃から僕らが取り組む宇宙ビジネスに注目し、いつでも力を貸すと心強い言葉をかけてくれている。

ここで青木会長の力を借りることは、恩返しのチャンスでもある。スペースBDが大きく育てば、それはAOKIグループにとっても利のあることとなのだ。

「では、僕のほうから青木会長に伺ってみることにします」

果たして、青木会長はこの話を二つ返事で快諾し、二〇一八年三月にスペースBDは、新たに二億円の資金を調達することになった。

ここで、赤浦からこんな申し出があった。

「一度、私とAOKIグループの方との、面会の場をセッティングしていただけませんか。きちんとご挨拶をしておきたいんです」

これは義理堅い赤浦らしい気遣いであった。僕はその意を汲んで、すぐに青木会長の側近の方との面談をセットした。

そこでこんなやり取りが交わされたことが、僕は今になっても印象深い。

「――赤浦さんは、投資の判断基準を主にどこに置いているんですか。事業内容ですか。それとも将来性？」

「もちろんそれらも大切な要素ですが、一番は人ですね。私はその人物を見定めて、嘘をつかない人に投資をします」

「ははあ……。いや、驚きました」

「と言いますと？」

「いやね、実はうちの青木もいつもまったく同じことを言うんです。お二人はビジネスの勘所がよく似ているのかもしれませんね」


振り返ればこの一カ月間は、僕にとって非常に慌ただしいものだった。

ＳＥＤとの業務提携が決まったこと。

第三者割当増資で赤浦と青木会長から合計二億円の追加出資を受けたこと。

また、AOKI財団から受託しているAOKI起業家育成プロジェクトの一環で、生徒たちをシリコンバレーまでアテンドするという重要な任務があったのもこの時期だったから、宇宙商社事業と教育事業の両輪がまさにフル回転している状況だった。寝食を忘れて働き、移動時間にどうにか睡眠を補完するような激務の合間をぬって、さらに僕はこの時期、ナノラックスのジェフリー・マンバーと会うためにワシントンへ飛んでいる。

到着してすぐに、まずはジェフリーと夕食を共にして、互いの近況を語り合った。これまでのスカイプやメールでのやり取りを経て、ビジネス面における彼の信念と希望、譲れない一線は、ある程度理解したつもりでいたが、そのイメージが確信に変わる。

そこで僕は、ジェフリーにナノラックスとスペースBDでMOU締結を結びたいと、直接交渉することにした。

MOU（Memorandum of Understanding）とは、組織間で交わす覚書で、交流協定のようなものだ。この場合はナノラックスとスペースBDの間における業務協力を示し合わせるための契約で、それによってISSの商業利用におけるシナジー発揮、そして今後の宇宙空間利用サービスにおいて、日米資産の商業利用を最大化する戦略的パートナーシップを構築することを目指すことになる。

さらに、そうした狙いの他にもうひとつ、スペースBDにとって重大な目的がこのMOU締結には隠されている。それはJAXAをはじめとする日本の宇宙業界に対し、スペースBDの信用度を上げることだ。

世界に名を馳せるナノラックスとの業務提携が実現したとなれば、業界は僕たち社員十名程度の小集団を決して無視できなくなる。ナノラックスとジェフリー・マンバーの名前には、そのくらいのインパクトがあるのだ。

ちなみに、こちらのそうした〝下心〟も、僕は余さず彼に伝えた。それによって足元を見られるのではないかという不安は微塵もなかった。僕はジェフリーという人物に対し、この時点で尊敬の念と信頼感を持っていた。

JAXAが事業の民間開放を決めた今、これはジェフリーにとっても悪い話ではないはずだ。

実際、ジェフリーは夕食をとりながら、熱心に僕の話を聞いてくれた。スペースBDの現状、僕らが目指しているビジネス、そしてJAXAの民間開放事業は選定が迫っていること——。

その翌日、僕はナノラックスのオフィスへ出向いて、さらに交渉を続けた。感触は決して悪くない。しかし、なかなかジェフリーの口からＯＫの言葉を引き出せない。

そうこうしているうちに、帰りのフライトの時刻が迫ってきた。

「時間が来てしまいました。今回はこのあたりでいったん引き上げます。僕が伝えるべきことはすべてお伝えしたつもりです。どうか引き続きご検討を……！」

「ええ、もう帰るのかい？」

「はい、日本にどっさり仕事を残してきてしまったもので」

「もしかすると君は、僕に会うためだけにワシントンへ？」

「もちろんです。でも、こうしてあなたに会えましたし、ディナーもご一緒できました。目的は十分に果たせましたよ」

するとジェフリーはハハハと快活な笑い声をあげた。

「本当に君は面白い男だな！　グッド、また会おう」

「はい、必ず！」

この言葉の通り、僕は三月にもう一度、ナノラックスのオフィスを訪ねた。

この間、ジェフリーにどのような思考展開があったのかはわからない。でもきっと、ナノラックスとスペースBD、双方にとって意義のある契約だと理解してくれたのだろう。

「ぜひ今後とも末永く宜しく頼むよ」

ジェフリーはMOU締結を受諾し、立ち上がってこちらに手を差し出した。

「こちらこそ、宜しくお願いします！」

僕らはがっちりと握手をした。そして、その場で互いのパソコンを開き、僕が用意したMOUのドラフトを確認し、その場で契約を締結させたのだった。

これはきっと、日本の宇宙産業においても意味のある一歩であるはずだ。


帰国後、スペースBDのオフィスに戻ると金澤が待っていた。

「お疲れ様でした。慌ただしい出張でしたね」

「さすがにクタクタだよ。でも、ナノラックスとMOUを結んで来たぞ」

「え、本当ですか？」

「ああ、ジェフリーと会ってくるって言ったろ？」

しばらく金澤は呆気にとられたような顔をしていたが、次第に顔をほころばせた。

「いやあ、有限実行ですね。すごいなあ。あのナノラックスとMOUだなんて、まず無理だろうと思ってましたよ」

金澤の困惑ぶりが、スペースBDがまたひとつ大きな武器を手に入れたことを証明していた。

二〇一八年四月。スペースBDは、二億円の追加出資を受けたこと、そしてナノラックスとMOUを締結したことを発表した。

JAXAの民間事業者選定にあたり、この二つのトピックスは間違いなく物を言うはずだ。これらは名もなき小さなベンチャーとして産声を上げたスペースBDが、着々と力をつけていることを象徴するものだった。

不安と恐怖

JAXAの公募の締め切りは、二〇一八年四月上旬に設定されている。その日が近づくにつれ、僕は眠れない夜を重ねるようになっていた。

もしも今回、スペースBDが日ノ本物産に負けてしまったら、これまでメディアに何度も語ってきた宇宙商社構想は、いきなり頓挫してしまうことになる。

そうなればきっと、「だったら日ノ本にいればよかったのに」という声が、そこかしこから聞こえてくるだろう。

えも言われぬ不安。恐怖。焦燥。

下手をすれば、スペースBDがまるごと存在意義を失うことにだってなりかねないし、心境としては文字通りのデッド・オア・アライブだ。

宇宙商社構想には衛星打ち上げサービスが不可欠であり、これなくしては成り立たない。

つまり、日本での打ち上げの機会を日ノ本に奪われてしまうようなら、僕らの存在意義などないのだ。

何よりその場合、こんなチャンスは二度と巡ってこないだろう。もし、スペースBDが落ちたとなれば、日本の宇宙事業は新興ベンチャーにはノーチャンスの領域であると印象付けられてしまい、僕らの後に続く挑戦者すら出てこなくなってしまうかもしれない。

下馬評ではこちらが圧倒的不利であることは理解している。世間から見れば、勝ち目の薄い勝負に人生を賭けてしまっている、無謀な零細集団に見えていることだろう。

これで正気を保てというほうが無理な話だ。

僕は毎日の業務をこなし、ＪＡＸＡへの企画提案書を煮詰めながら、日に日に自分がやつれ、痩せていくのを感じていた。

そして、運命を分かつ提案書提出の日がやって来た――。


スペースＢＤとしてのＪＡＸＡへの提案内容は、現時点での僕たちの叡智を結集し、今日まで練りに練ってきた。これ以上はないだろうという、納得のクオリティに仕上げたつもりだ。

こちらで用意するのは、申請書類一式と事業計画書、さらにそれらのデータを格納したＣＤ－ＲＯＭなど。事業計画書は選考委員の人数分、二十部ほどをプリントアウトし、クリップで簡易製本するという、実にアナログなやり方だった。だが、これも公的機関であるＪＡＸＡらしさの表れだろう。

これらのセットを郵送で送るもよし、つくばにあるＪＡＸＡの宇宙センターに直接持参するのもよし。あえて持参することにしたのは、不慮の郵便事故などが心配だったからだ。

僕はその日、別件の会合に出る予定があったため、運び屋の役目は金澤に任せることにした。

「じゃあ、頼んだぞ！」

「はい、行ってきます！」

「ボディガードをつけなくても大丈夫か？」

「大丈夫です、行ってきます！」

「忘れ物はないか？」

「大丈夫です！」

そんなやり取りを何度も繰り返して金澤を皆で送り出す。

縁起でもないが、途中で金澤が事故にあったり、電車が止まったりして期限に間に合わなかったりすれば、すべての努力が無駄になるのだから気が気でなかった。しかし、金澤で駄目なら、誰がやっても駄目だったのだろうと納得するしかない。

果たして、夕方には無事に「いま無事に申請を終えました！」と金澤から電話が入り、一同ホッと胸をなでおろしたのだった。

しかし、これで終わりではない。本当の勝負はこのあとに控えている最終プレゼンだ。

数日後、ＪＡＸＡから面談の日取りを伝える通達が来た。二〇一八年四月二十日、金曜日の午後一時半。

プレゼンは日ノ本時代から何度も経験してきたが、この時ほど本気で、この時ほど何度も何度も繰り返し練習をしたことはなかった。

自分だけでなく、このプレゼンで仲間たち全員の命運が決まる。

そう思うと、何度練習しても足りない思いだった。


そして、運命の四月二十日がやってくる。

僕はJAXAへ向かう前に、今日まで苦楽をともにしてきたスペースBDの面々を集めて、こう伝えた。

「みんな、今日まで本当にお疲れ様。夜も週末もないハードワークに耐えてくれてありがとう。やれるだけのことはやったし、やり残したことはないと確信している。あとは野となれ山となれだ。ちょうど今日は金曜だから、プレゼンを終えて帰ってきたら、今夜は総出で飲みに繰り出そう!」

全員が「はいっ!」と大きな声をあげる。

この時点で総勢八名の小さなベンチャー。心は今、間違いなくひとつになっていた。

結果

僕はこの日、会心のプレゼンをやってのけた、と思う。

内容や口調などもさることながら、JAXA側の審査員たちの反応も想定以上に好意的に感じられた。

プレゼン時間は質疑応答を合わせて三十分ほどだっただろうか。終えた瞬間、僕の頭には「これで駄目なら仕方がない」という、燃え尽きにも達観にも近い思いがあった。

結果は一週間後に届くという。あとは命運を天に任せるのみ。

JAXAをあとにし、いったん自宅へ戻る。社内のメンバーとの打ち上げは十八時からだから、まだ二時間以上もある。

それでも、今日はもう何もする気になれず、僕はスーツから私服に着替え、すぐにまた家を出た。どこかふわふわとした気持ちを落ち着かせるために、新橋のパブで独り、ビールを飲み始めることにする。

道すがら、社内のメンバーにメールを打った。十八時までとても待てそうもないから、早めに来れる人はいつものパブに来ないか、と。

これまで何度も通っている、キャッシュオン形式の気楽なアイリッシュパブ。週末の夕方とあって、店内は若者でごった返している。

新入社員と思しき真新しいスーツ姿が目立つことに気付き、「自分にもそんな時期があったな」と思いを馳せる。あの頃の四月とは、まったく違う四月を自分は今、生きている。

僕はキャッシュオン形式のカウンターでビールを受け取り、入り口の真正面にある小さなボックス席に陣取った。

エールビールのクリアな喉越しは、そのまま体の隅々まで滋養を与え、今日までの疲れを癒やしてくれるようだった。

終わったんだな――。

束の間の平穏を取り戻した気分だった。あるいは束の間ではなく、結果によってはこのままやることがなくなってしまうのかもしれない。

しかし、不思議とこの時点ではもう不安はなく、まな板の上の鯉のような落ち着いた心境だった。

結果が出るまであと一週間。なるようにしかならないのだから、今更じたばたしても仕方がない。

どんな結果でも受け入れる準備はできている。このあと合流する皆にも、胸を張ってプレゼンの様子を報告しよう。

その時、スマホが一通のメールを受信した。

差出人はＪＡＸＡの担当者だった。

今日の捕捉か、あるいはこのあとの段取りについての説明だろうかと想像しながら、ビールを一口すすり、メールを開く。

すると、メールの文面の中の、ある一文が目に飛び込んできて、僕は体中の血液が火照り上がるのを感じた。

——貴社を事業者として選定します。

「………ッ！」

これは一体どういうことだろう。一体何が起こっているのだろう。

一週間後と言われていた結果が、ものの三時間ほどで届いたのだから、戸惑わないわけがない。

いや、それよりも結果だ。僕たちは勝ったのだ。晴れて、ＪＡＸＡの民間事業者に選定されたのだ。

にわかには信じられず、何度も何度も文面を読み返す。もちろん、内容が変わることはない。あるわけがない。

僕たちは選ばれた。

確かに選ばれたのだ。

僕は思わず立ち上がり、人目を憚らず両の拳を強く握って大きなガッツポーズをした。

あふれる涙を抑えることはできなかった。抑える必要もなかった。

ハッピーアワーに沸く店内。周囲の客がこちらに怪訝な顔を向けているのがわかったが、それももはや些末な問題だった。

ドバドバと頬を伝う涙が、テーブルを濡らす。泣きながらビールをぐいと喉に流し込む。さっきまでとはまた違う、格別な美味さだ。

ちょうどその時、早めに仕事を切り上げた金澤が、店の中へ入ってきた。真正面にはいきなり号泣する僕の姿があるのだから、彼もびっくりしただろう。

「……永崎さん、何やってんすか」

金澤が周囲を気にして、困ったような表情で僕にそう言った。

新たなスタート

二〇一八年五月。僕はＪＡＸＡ社内の大きな会議室にいた。

隣には日本を代表する宇宙飛行士で、ＪＡＸＡの有人宇宙技術部門のリーダーを務める若田光一さんがいる。その向こう側には日ノ本物産の代表者がいる。

三人が握手をし、微笑む。その姿を何台ものカメラが撮影し、フラッシュの眩しさに目を細めずにはいられなかった。

結果としてＪＡＸＡはこの時、ＩＳＳ「きぼう」日本実験棟からの超小型衛星放出の民間事業者として、スペースＢＤと日ノ本物産の二社を選んだ。この日は、その選定結果に関する記者会見が行なわれていた。

「『きぼう』の民間開放は今回が初めてであり、この取り組みは今後の宇宙利用における民間企業の参画、広がりを担う大切な試金石となります」

若田さんが言う。

選定された二社には、ＪＡＸＡの戦略パートナーとして、「きぼう」の利用を活性化させる役割が与えられた。こうした民間事業者の参画によって今後、需要開拓の強化や民間ならではのユーザーフレンドリーなサービスの提供により、業界のさらなる発展にブーストをかけようというわけだ。

会見が終わると、個別にメディアの取材を受けた。

選定された時の気持ちやこれからの意気込み、現時点の施策、宇宙事業の魅力――。多くのカメラとレコーダーがこちらに向けられ、まるでハリウッドスターにでもなったような気分だった。

僕は矢継ぎ早に質問に答えながら、あらためてスペースBDに対する注目の高さと期待値を感じていた。

それも当然だろう。選定決定の報を受けた夜、新橋の焼き鳥屋で祝杯をあげる僕らのところに駆けつけてくれた赤浦自身が、開口一番こう言ったものだ。

「いやあ、正直なところかなり分の悪い勝負だと思っていたんですよ」

「え、赤浦さん、負けると思っていたんですか？」

「本音を言えば、まず勝てないだろうと思っていました。でも、どうやら永崎さんは負けることなんて微塵も考えていないようだったので、口に出してはいけないと思って控えたんです」

「酷いなあ」

そんなやり取りも今や笑い話である。

「でも実際、これはやっぱりミラクルですよ。永崎さんはコミュニケーション能力やビジネススキルなど、どこをとってもビジネスパーソンとして超一流ですが、私からすればそれは後からわかったことに過ぎません。当初はただ、この人と一緒にビジネスがやりたいという、純粋な思いだけで声をかけました。それがこうして驚くような結果を出してしまうんですから……、脱帽です」

周囲がどんちゃん騒ぎをする中、赤浦は真面目な口調で僕にそう言った。

「何だか、そこまで褒められると恥ずかしいですよ。でもこちらこそ、赤浦さんには感謝してもしきれないですから」

「永崎さん、見てくださいよ。彼らの嬉しそうな顔を。この人たちも皆、永崎さんがあらゆる出会いを大切にしてきたからこそ集まったメンバーでしょう?」

「本当に、ずっとこのメンバーに支えられてきました」

「結局のところ、ゼロからイチを創り出すエネルギーを持った人というのは、そういうすべての出会いを無駄にせず、チャンスに変えられる人なのでしょうね」

我が事ながら、赤浦の言葉には説得力があった。まさに、運と恩と縁。それが結実したからこそ、今回の結果が生まれたのは間違いないだろう。

ところで、一週間後とされていた結果が、なぜ当日のうちにもたらされたのかは今もわからない。選考過程については一切公表されていないからだ。

ただ、あえて理由を想像するならやはり、それだけ他の追随を許さない圧倒的なプレゼンをやってのけたからではないか。選定事業者の枠は二社でも、僕たちスペースBDはぶっちぎりの一等賞だった。そう考えるのは厚かましいことだろうか？　いや、僕はそうは思わない。

その勝因を分析するなら、目先の利益率など経済面の目標値ではなく、なぜ宇宙ビジネスをやるのか、それが日本社会にどのような影響をもたらすのかという〝大義〟を重点的に伝えたことが大きかったように思う。それは、どうしても自社の利益を重視せざるを得ない大手とは異なる、小さな小さなベンチャーだからこその視点である。JAXAの選考委員はそこに、未来への大きな希望を感じてくれたのではないだろうか。

もっとも、本当のところはよくわからない。すべては僕の独りよがりな解釈かもしれないのだが。

いずれにせよ、僕らがやるべきことはただひとつ。日本初の民間選定事業者としてこれから、宇宙産業の発展に向けてまい進するのみだ。それこそが、僕が当初から目指していた「新しい産業を作る」ことなのだから。

今回の「きぼう」からの超小型衛星放出は、あくまで民間開放の第一弾に過ぎない。その次には「きぼう」の船外実験プラットフォーム利用の民間開放が控えているし、僕たちは引き続き、次の公募へ向けて動かなければならない。

これはあくまで、スタート地点なのだ。

ファン・トーマスとの再会

宇宙商社というキャッチーなコンセプトの賜物か、JAXAの選定後、経済誌から事業内容に関する取材を受けたり、学生向けにベンチャー立ち上げについて話したりする機会は日増しに増えていった。おかげでスペースBDの知名度が順調に上がっていくのを僕は感じていた。

メディアの中には「ド素人が宇宙事業に乗り出す」といった、ゴシップ調の視点のものもあったが、どのような取材であっても歓迎するスタンスを貫いた。無謀だと思う人も多いだろうが、無謀なことに挑戦する姿を見せることが誰かの刺激になるかもしれないからだ。

対面で対応する時間が取れなければメールで質問に答え、海外を回っている時は早朝や夜中にスカイプで取材を受けることもあった。

その甲斐あってか、衛星打ち上げに関する問い合わせも少しずつ増えてきた。

野口はAOKI財団の仕事を引き継ぎ、順調に対応している。

社外アドバイザーの渡辺は、ヘッドハントのキャリアを生かしてスペースBDの新たな人材探しに尽力している。

羊頭狗肉では意味がない。僕は宇宙商社として事業を一刻も早く動かしたいと、いっそう意欲を強めていた。


選定を受けてから三カ月後、僕は金澤と共に、アメリカのユタで行なわれたあるシンポジウムに参加した。

会場の向こう端がかすむほど広々としたフロアに、無数の展示ブースが並んでいる。機材やソフトウェア類の高度化は目覚しく、見て回るだけで驚きと発見がある。

この画像を使ったらどんなことが分析できるのだろうか。

このデータはどのように活用されるのだろうか。

そんな未来を想像しながらブースを見て回るのが楽しかった。

来場者も多く、熱気もある。宇宙産業の未来に期待している人がどれだけ多く、どれだけ熱いかを物語っている空間だった。

少し遠くのブースに、知った顔を見つけた。ファン・トーマスだ。スペースBDを設立したばかりの時、エストニアのシンポジウムで会ったスペインの宇宙ベンチャーのCEOである。

「ファン！」

思わず大きな声が出た。

「おお、マサじゃないか。元気にしていたか」

「ええ、おかげさまで」

僕たちはがっちりと握手をして、九カ月ぶりの再会を喜んだ。

「宇宙業界は狭い。またどこかで会うことがある。あの時、そう言って別れたのを覚えているかい？」

「もちろん覚えていますよ。必ずまた会えると思っていました」

「それで、幸運はやってきたかい？」

そう言ってファンがにやりと笑う。僕はここぞとばかりに鞄から会社案内を取り出し、超小型衛星を放出する事業でＪＡＸＡに選定されたと伝えた。

「それはすごいな。幸運なんてもんじゃない。大幸運だ！」

「ありがとうございます」

「マサも知っている通り、我々はＥＳＡと付き合いがある。君たちの快挙も素晴らしいが、公的機関のＪＡＸＡが設立間もないベンチャーを選定したこともとても素晴らしいことだ」

「同感です。だから、その期待にきっちり応えなければなりません。こうしてアメリカにやって来たのも、ＪＡＸＡのロケットに衛星をのせたい事業者を探すためですからね」

僕はそう言って、あらためてスペースＢＤが作り出す宇宙商社の事業モデルについて話した。

衛星を打ち上げたい会社や機関を見つける。それだけでなく、彼らに伴走し、あらゆる煩雑な手続きを支援する。相談に乗るところからＪＡＸＡに衛星を引き渡すまで、全工程をワンストップで引き受ける。

また、衛星打ち上げだけでなく、「きぼう」の船外プラットフォームで実験を行いたい企業や大学なども見つけたいと伝えた。それがスペースＢＤの次の展開に繋がる。

「そういうことなら、今日のマサはやっぱり幸運なのかもしれないぞ。ちょっと奥に来てくれ。相談したいことがあるんだ」

ファンにそう言われて、ブースの奥へ向かう。ファンは頑丈なケースを取り出すと蓋を開けた。そこには双眼鏡のようなものが入っていた。

「我々の最新の製品はこいつだ」

「双眼鏡型のカメラ、ですか」

「まあ、そんなもんだ。超小型衛星に搭載するカメラで、これを宇宙に持っていきたいと考えている」

「性能を確認するわけですね」

「そうだ。しかし、その手段が決まらない。カメラはできている。打ち上げに向けた費用だって確保済みだ。だからあとは打ち上げ手段だけなんだが、サイズが特殊なため、どこも引き受けてくれない。そうかといって、このカメラを実証するためだけに衛星を開発する費用などないし……、何か策はないか？」

僕はカメラをじっくりと観察した。

「衛星に装着するためのアダプターがありますね。これが『きぼう』の船外プラットフォームのインターフェイスにはまれば、ＪＡＸＡのロケットで宇宙に持っていけるかもしれませんよ」

「本当かい」

ＪＡＸＡが船外実験プラットフォームに取り付ける曝露アダプター（i-SEEP）を開発し、運用を始めたのは二〇一六年のこと。この船外実験プラットフォームの実験装置には一〇箇所の取付け場所があり、必要な電力や通信機能を「きぼう」から供給することができる。

「私は技術的なことはわかりませんので、うちの担当者とＪＡＸＡの担当者を紹介しましょう」

「それは助かる。今日はマサにとってではなく、私にとって幸運な日だったのかもしれないな」

ファンはそう言って笑った。

追い風は吹き続けている。そう感じざるを得ない偶然だった。

この商談において、圧巻の力を見せたのは金澤だった。

彼は本来、ドの付く文系だが、ＪＡＸＡのエンジニアとサトランティスの間に入り、高度な技術面も含めて見事に英語で取り引きをまとめてみせたのだ。

ファンと再会したのが八月。打ち上げと実験に向けた諸々の契約に向けて、詳細に関する議論と検討を始めたのが一〇月。インターフェイスの確認や打ち上げに向けた安全審査の概要などについてレクチャーを受け、その後のJAXAとサトランティスとのやり取りも、すべて金澤が中心となって取り仕切った。とりわけ技術調整は難航したが、年明けの一月には晴れて契約集結に漕ぎ着けた。予算期限の問題からギリギリのタイミングだったが、金澤は見事にこの取り引きを成立させた。

あの時、ボロボロになってスペースBDへの参加を訴えてきた金澤が、早くもかけがえのない戦力となっている現実に、思わず胸が熱くなる。

僕が案件を開拓し、金澤が進行し、他の面々が技術サポートをするという役割分担が今、理想的に機能し始めていた。

おそらくこれがサトランティス単体の事業であれば、日本の官公庁の独特の文化を持つJAXAとの交渉は難航したはずだ。

一方のJAXA側としても、スペインのベンチャー企業であるサトランティスに単独で営業の手を伸ばすことはできなかっただろう。

つまりこのサトランティスとの契約は、国境や課題を越えて需要と供給を結びつけるという、宇宙商社ならではの成果と言える。

JAXAが民間開放の第二弾として用意している船外プラットフォーム利用の事業者選定も、この一件が大きな実績となることを僕は確信した。

成長企業の痛みと悩み

二〇一八年五月に日本初の民間事業者に選定されてから、ひとまず宇宙商社としての体をなし始めたスペースBDだが、以降の足跡が順風満帆であるかというと、決してそんなことはない。

JAXAの選定を受けてからまもなく、ブラジルで催されたカンファレンスに、ディスカッションのパネリストとして参加した際には、技術的テーマの議論にまったく太刀打ちできず、壇上で大恥をかいたこともある。

進行役の教授から「安全審査のプロセスで簡易化できる要素と方法論とは」とトークテーマを振られても、答えを持ち合わせていない僕は返事に窮するばかりだった。どうにかその場をしのごうと、自分の得意分野である商業利用の事例に話を持っていこうとするのだが、「私の質問に答えてくれ」とピシャリとやられてしまう始末。その後、教授が僕に意見を求めることはなく、脇にじっとりと汗を滲ませるだけの恥ずかしい時間を過ごすしかなかった。

ただ、その時、突然会場から「もう少しミスター・ナガサキの話を聞いてみたいのだが」と助け舟を出してくれた人物が、ブラジルの宇宙産業における重要人物だったりもしたから、まさに捨てる神あれば拾う神ありだ。

また、企業として少しずつ所帯が大きくなっていくに連れ、社内の人材マネジメントに悩まされる機会も増えてきた。多忙にかまけて、人知れず悩み抱えている社員の存在を見過ごしてしまうのはひとえに自分の未熟さであり、それによって問題が深刻化し、大切な人材が去ってしまうこともある。

それでも本業が順調なのは幸いで、たとえば二〇一八年十月にはナノラックスのグローバルパートナーとして、NASAの地球低軌道商業化スタディに参画することができた。

さらに、二〇一九年三月にはJAXAの船外プラットフォームの利用事業の公募において二度目の選定事業者に、同年十二月にはH2-A及びH3ロケットによる超小型衛星打上げ機会の提供事業で三度目の選定事業者になることができた。いずれもスペースBD一社のみの選定で、これは僕たちが単体でも大丈夫であるとJAXAに太鼓判を押してもらえたことに等しいから、僕らとしては望外の喜びだった。

さらには、教育事業のほうでも嬉しい進展があった。かねてから僕が構想していた、人間力の評価軸を作ること。このアイデアに、宇宙飛行士の能力定義を活用するプロジェクトが実現したのだ。

本来、人の能力や可能性は、偏差値などの数値で測定することなどできない。しかし、社会に出てから物を言うのは学力よりも人間力であるはずで、僕はその評価軸を定義する方法を模索し続けていた。

その点、宇宙飛行士というのは多国籍チームで閉鎖空間での長い時間を過ごさなければならない職業であり、性格や機転、忍耐など人としてのあらゆる要素が試される。JAXAとのパートナーシップが得られたおかげで、その評価軸に宇宙飛行士の能力定義を活用しようというアイデアが正式に認められたのだ。

まだ着手したばかりの取り組みだが、うまく運べば今後、日本の人材教育は大幅にアップデートすることになる。それはきっと、将来の日本の豊かさに繋がるはずだ。

一方、そうした躍進の陰に、ベンチャー企業特有の成長痛もある。

時には青木会長や銀座の白坂など、周囲にアドバイスをもらいながらどうにか組織を切り盛りしていても、問題は次々に噴出する。あらためて、世の経営者たちがいかに大変なことをやってのけてきたのかを思い知っている。

実は、大学時代からの盟友であり、日ノ本物産を退職した直後から僕を支え続けてくれた田代も、二〇一九年の暮れにスペースBDを去っている。成長期にあるベンチャーの風土と、彼自身の気質にギャップが生じ始めたことが原因だった。

自分の口から契約終了を持ち出さなければならないことは、何よりも辛いことで、こうした経営者としての痛みには、今のところまだ慣れそうもない。


それでも、去る者もあれば来る者もいるのが組織の常だ。たとえば関西の池谷教授の研究室で出会った藤田は、スペースBD初の新卒入社となった。

藤田はその後も池谷教授の下で、研究室が開発する衛星の打ち上げのプロジェクトマネージャーを務めていたが、その衛星は安全審査で落ち、打ち上げに至らなかったという。おまけにその残務を一手に引き受けたため、満足な就職活動を行なえず、どうにか決まった宇宙とは無関係の企業に一度は進路を決めていた。

そんな彼の経験と人柄を、僕は見逃さなかった。「それならうちで一緒にやらないか」と僕がスカウトしたことがきっかけで、彼は今、スペースBDの主力エンジニアの一人として活躍している。

もちろん中枢を担うメンバーたちの働きぶりも頼もしいばかりだ。

総合商社から転職してきた桃尾は、ＪＡＸＡからの事業者選定後、技術移転の受け皿を一手に担った。まだ社内にフルタイムエンジニアが不在であった当時、理系出身とはいえ素人同然の桃尾がド根性でこの大仕事をやり切った様子は、今日のスペースＢＤの大切な文化となっている。今や彼は、エンジニアリングと事業開発の重要な架け橋であり、スペースＢＤが総合力を発揮する際の要と言っていい。

平穏な生き方を好まない傾奇者気質が強く、リアル「花の慶次」を目指して参画した大野は、営業のエースとして活躍している。社内では結果にコミットする〝ＢＤ魂〟の体現者と目され、おまけに自身がどれだけ忙しくしていても後輩の面倒見が良いので、その当事者意識には僕自身、いつも内心で惚れ惚れさせられる。

「宇宙利用の裾野を広げる」という強い思いでスペースＢＤにジョインした寺田は、卓越した技術力と誠実な人柄の持ち主だ。その包容力は、同僚たちから「メンタルおばけ」と呼ばれるほどで、エンジニアチームを力強く牽引している。彼の力添えが、スペースＢＤに「技術力に裏打ちされた事業開発力」という大きな強みを与えてくれた。

輝かしい経歴を有し、高待遇のオファーが殺到していたにもかかわらず、新しい産業をつくることを目指して、「給料はいくらでも構わない」と参画したのはＣＦＯの赤澤だ。彼の実力とコミットメントによる安心感のおかげで、僕はいつだって経営者として攻めに徹することができている。

気が付けば、他にも魅力ある人材が、スペースＢＤにはたくさん揃っている。それこそがスペースＢＤのすべてであり宝だ。

そんな彼・彼女らに共通しているのは、素直に夢を追っていること。純粋に求め、本気で生き、その結果としてビジネスを成功させる。これは何か事をなす上での理想形で、この輪が広がっていけば、社会はもっと晴れやかになるのではないかと、僕はいつも本気で考えている。

宇宙という壮大な夢へ向かって

今、スペースＢＤは、業務委託のメンバーも含めて総勢26人の組織に育った。企業体としてはまだまだ小さいが、宇宙商社としての存在感は日増しに高まっている実感がある。

需要の掘り起こしやネットワーク作りのために海外を飛び回ることは、体力的には厳しいが、楽しいことでもあった。

宇宙や衛星に興味を持ってくれる人は多い。スペースBDの事業モデルを面白がってくれる人もたくさんいる。多くの人が好意的、協力的であるのは、宇宙産業そのものが成長性と可能性に満ち溢れているからだろう。

頭打ちの業界や閉塞感がある産業ではこうはいかない。縮小していく市場ではシェアの奪い合いが激しくなる。新規参入を防ぐための壁を高くし、新しいことに取り組むより手持ちの顧客や権利を守ることに意識が向いてしまいがちだ。

そのような傾向が宇宙産業にないわけではない。業界としては極めて閉鎖的で、JAXAを頂点に厳然たるヒエラルキーが存在するのは紛れもない事実だ。

それを揶揄して「エスタブリッシュドスペース」と呼ばれることもあるが、ここ数年でそれも少しずつ様子が変わりつつある。ベンチャー参入者が増えたことで、「ニュースペース」と言われる寛容な風土を持った現代的なコミュニティが出現してもいる。

エスタブリッシュドスペースの経験や知見と、ニュースペースの斬新な発想力が融合すれば、日本の宇宙産業はさらに飛躍できるはずだ。おこがましいかもしれないが、スペースBDはその懸け橋にならなければいけない、と思う。

一方で、もちろん企業としての成果も必要だ。これまで、利益より新しい産業の創出を標榜してきたが、そう遠くない将来に僕らは上場を目指すことになるだろう。

思えば、野口が入社した時は、まだ事業ドメインすら決まっていない状態だった。それでも「永崎さんなら何かやってくれそう」と彼女は言い、入社を決意した。

金澤は自分で起業する夢をいったん諦め、「給料などいくらでも構わない」と言ってメンバーになった。

学生結婚をしていた藤田が入社する際には、大阪まで奥さんに会いに行き、自分たちが決して怪しいベンチャーではないと力説し、宇宙商社としての将来性を熱心に伝えた。

ここにいるメンバー全員がリスクを背負ってスペースBDに貢献してくれている。利益や上場は絶対的な目標ではないが、少なくともベンチャー企業の不安定さを解決する一助にはなるはずだ。彼らの恩に、必ず報いなければならない。

「産業を作りたいんですよ」

ある時、ふと赤浦が呟いていたのを思い出す。まだスペースBDの事業内容が決まらず、宇宙がどんなものかすらよくわかっていなかった時のことだった。

実績と呼べるような実績もない。人もいない。来週の予定すら空いている日の方が多いような段階でのことだ。

「産業……ですか」

「ええ。かつてのホンダや松下電器のような会社をつくって、日本が世界に誇る産業を生み出したいんです。そして、その先にどんな景色があるのか、投資家としてこの目で見てみたいんです」

赤浦は、その可能性があるマーケットが宇宙なのだと確信していた。そして、その可能性を追求する船頭に僕を選んだ。

起業家を信じて大胆に動く。それが赤浦の特徴であり、その意思決定と行動を多くの人が信頼している。

「やりましょう！　世界に誇る新しい産業、そして企業を、この日本に作りましょう！」

気付いた時にはそう答えていた。これは夢を追うロマンチスト同士の約束だった。

世界を代表する産業・企業を作るというのは、まだまだ途方もないことだ。しかし、宇宙に無限の可能性が広がっている以上、いつかそこに手が届くのではないかと僕は大真面目に考えている。

宇宙という壮大な夢は、まだ始まったばかりだ。

僕の大切な学び

騙されることを恐れて人に心を開かず機会を失うよりも、
人を信じて得られるもののほうがはるかに大きい。

p.216

「やりたいこと」を見つけるのは難しいことなのだから、
焦る必要などない。
縁あって、具体的な何かを見つけられたのなら儲けもの。
それだけで人生は最高だ。あとはただ、熱中すればいい。
しかし、「どう生きたいか」は自分で決められる。

p.218

勝因を分析するなら、目先の利益率など経済面の目標値ではなく、
それが日本社会にどのような影響をもたらすのかという
“大義”を重点的に伝えたことが大きかったように思う。
それは小さな小さなベンチャーだからこその視点である。

p.269

終章

二〇二〇年五月二五日、日本時間にして午前二時三一分。

僕はオンラインで繋がるその映像を前に、涙を抑えることができなかった。

いや、正確にいえば、涙が頬を伝う感覚に自分でも気付かないほど、そのモニターの中の光景に没入していたのだ。

ダイナミックな噴煙と共に宙高く飛び立っていったのは、「こうのとり」九号機を積んだH－2Bロケットである。ISSに向かうその機中には、サトランティス製の衛星搭載用カメラ、「iSIM」が搭載されている。

iSIMはISSに到着した後、「きぼう」日本実験棟中型曝露実験アダプター(i-SEEP)に設置され、宇宙空間での実証を行なうことになる。

今やスペースBDにとって大切なパートナーである、ファン・トーマス率いるサトランティスは、この実証ミッションを完了させた後、新しい地球観測サービスの実現を計画している。

つまり、ひとつのロケットが打ち上げられたことにより、無数の事業と無限の可能性への道が開けることになる。

ファンとの出会いから二年半。こうして協業することがついに叶い、ロケットの打ち上げに漕ぎ着けられた現実に、僕は胸の中から湧き上がる感動を止めることができずにいた。

宇宙という広大に過ぎる世界からすれば、これは小さな一歩に過ぎないだろう。しかし、僕たちスペースBDにとっては大きな到達点であり、未来へ繋がる大切な通過点でもある。

飛び立つH－2Bロケットの姿に思いを馳せるその刹那、僕の胸中には様々な出来事が去来した。

生まれ育った九州でのこと。

両親や友人、恩師のこと。

楽しかった大学生活。

日ノ本物産でのかけがえのない経験。

独立後の苦悩。

そのすべてが今、目に見える形で結実したように思えてならなかった。

「――永崎さん、がっつり泣いてましたよね」

明くる日、眠い目をこすりながら出社すると、金澤が茶化すようにそう言った。それに呼応して、オフィスにいた他のメンバーからも笑いが起きる。

「ああ、モニターに俺の顔も映ってるってことを、すっかり忘れてたんだよ」

内心は恥ずかしくて仕方がなかったが、それすらも今は心地よく感じられた。

思えば、スペースBDが誕生して初めての海外出張がエストニアであり、そこで出会ったのがサトランティスのCEOであるファンだった。宇宙事業について右も左もわからず、誰にも相手にしてもらえない状況の中で、唯一僕の話を熱心に聞いてくれたファンとの事業が、無事に成功を収めたのだ。これに感動せずして、何に涙を使えばいいというのだろう——?

ちなみにこれは、日本の実験棟中型曝露実験アダプター「i-SEEP」にとっても初の海外受注案件であったから、日本の宇宙産業史においても重要な一歩と言えるはずだ。

人生は、本当に面白い。

ナガサキ・アンド・カンパニー設立当初には、やることなすことがうまくいかず、やけ酒を重ね、ついには泥酔してスーツ姿のまま小便を漏らしたことだってあった。自分が本当に宇宙産業の世界でやっていけるのか、不安に思ったことも数知れない。張り切って海外へ出たものの、自分の知識がまるで通用せず、滅入って昼酒を煽ったこともある。

そんなどうしようもない自分でも、がむしゃらに前を向いて突き進んできた。

今、確信を持って思う。人間の可能性、そして人の心が持つポテンシャルは何よりも偉大である、と。人は気構え次第で、打算やロジックでは到底太刀打ちできない爆発力を発揮できるということを、僕は今日までの体験から思い知っている。

未知に挑み、腹を括って運と縁に流される生き方には、間違いなく爆発力がある。たとえば僕が使う英語にしても、英会話学校の授業では今ひとつものにならなかったのに、貿易の現場で必要に迫られて必死にしゃべっていたら、いつの間にか話せるようになっていた。

その背景にあるのは、知識や技能面の成長ではなく、きっと心の成長だろう。

サトランティスによる衛星搭載用カメラの宇宙実証は、スペインにおいても民間初の事例であり、国民の大きな注目を集めたという。

そのため、日本・欧州・アメリカの三地域合同での記念イベントが催され、各国の関係者はもちろん、スペイン国王フェリペ六世からも祝辞が述べられた。まさに国を挙げての一大行事だったわけだ。

カメラの取り付け作業が無事に完了した後には、宇宙飛行士の向井千秋さんがモデレーターとなり、フェリペ六世がＩＳＳ滞在中のクリス・キャシディ宇宙飛行士と交信する様子がオンラインで中継された。

その式典的なオンラインイベントの場で、僕はこんなスピーチをしている。

「サトランティスとのパートナーシップ、そしてファンとのフレンドシップに感謝しています。ファンは私がスペースＢＤを立ち上げてから、最初にできたインターナショナルな友人です。当時はまだ、打ち上げ手段も社会的な実績も持っていなかった私の話を、ファンは熱心に聞いてくれました。時を経て、こうして彼らにとって最初のミッションに貢献できたことを、心から嬉しく思っています。僕たちのフレンドシップは、これからも続いていくでしょう。そして、さらにまた大きな事業を、共に成し遂げられると信じています――」

サトランティス製のｉＳＩＭはその後、二〇二〇年六月から運用が開始され、一ヵ月間で約二万枚の画像を地球に送信している。

スペースＢＤが歩みを止めないかぎり、こんな楽しいことが、これから何度も何度も起こせるのかもしれない。そう考えるだけで、僕は胸の高鳴りを止めることができなくなってしまう。

ここまでの道のりは決してスマートなものではなかったし、おそらく今後もそうだろう。

しかし、様々な運と縁が繋がり、そして関わり合うことで、多くの人の夢をのせて宇宙へ運ぶことができるのがスペースＢＤなのだ。

だから僕は、今後も恐れることなく人と向き合い、困難の壁に立ち向かっていきたい。打算ではなく、目の前の人と全力で向き合っていくことで、いつか何かが起きるということを、僕は今日までの人生で実感している。

打算や計算で人と付き合うよりも、誠実な姿勢を忘れずに人と全力でぶつかるほうが、大きなエネルギーが生まれる。宇宙という未知の領域で目的を果たすには、そのエネルギーが欠かせない。

それに何より、打算で得られた成功にはきっと、感動が伴わないだろう。

僕は運と縁と恩を大切に守りながら、感動の多い人生を送りたい。その思いは、至らない僕に今日までついてきてくれた、スペースＢＤのメンバーたちともきっと共通しているはずだ。

宇宙にはまだまだ無限の可能性がある。

つまりは宇宙を舞台に選んだ僕たちにも、無限の可能性が秘められているということだ。

スペースBDは産声を上げたばかりの小さなベンチャー企業に過ぎないが、見据える先に広がるフィールドは果てしなく広く、大きい。そこに何が待っているのか、皆さんも楽しみに見守っていただければ幸いだ。

あとがき

まだ何かを成し遂げたわけではなく、あくまで志半ばの身ではありますが、こうして半生を書き記すこととなったのは、「すでに成功した人の言葉よりも、これから成功へ向かう人の言葉が聞きたいです」という編集者のお声掛けに心を動かされてのことでした。その結果の産物として、本書は皆様のお手元に存在しています。

ここまで読んでいただいた方にはおわかりの通り、スペースＢＤの挑戦とはそもそも、私自身が生み出したシナリオではありません。私にとって宇宙は、多くの人の知恵と愛情をいただきながら、出会うべくして出会ったテーマなのだと、本書の執筆を通してあらためて実感しています。

思えば、私の人生は周囲の人々から与えられたものばかりです。

たとえば、中学校時代の恩師である島田邦美先生からいただいた、「日本を代表する人物になれ」との言葉は今も大切な原動力になっています。

株式会社ＡＯＫＩホールディングスの青木擴憲・代表取締役会長との出会いによっ

て、食べるための仕事から脱することができなければ、こうして新たな挑戦に目を向けることはできなかったでしょう。

また、宇宙ビジネスというアイデアとスタートアップのための資金を私に提供してくれたのは、現在の共同創業者である赤浦徹さんでした。

こうした皆さんの存在がなければ、私は今頃どこで何をやっていたのか、見当も付きません。何しろ社会に出た時点では、起業はもちろん、宇宙ビジネスに着手するなんて微塵も考えていなかったのですから、人生とは本当に面白いものです。


見方を変えれば、今この時点で想定できる未来とはごく限られた可能性でしかなく、少なくとも現時点の実力以上のものではないことがわかります。それに気づいたことから私は、結果や目標から逆算して今を考えるのは無意味であり、大切にする「何か」に基づいて、全力で生きた時間の積み上げこそが未来であると、考え方を改めるようになりました。そして良いことも悪いことも、すべては自業自得と考えるほうが、自然の摂理に沿っていると気付かされたのです。

また、人は自分が真摯に向き合えば心を開いてくれるものであり、こちらが差し出した以上のものを返してくれることが少なくありません。だからこそ、勇気をもって他者に働きかけ、恩と感謝を忘れないことが大切なのです。人と向き合うことを辞めてしまえば、きっと歩み自体も止まってしまうでしょう。

今回の出版に際して、独立まもない時期を過ごした押上の街を久しぶりに歩いてみました。私にとっては二度と振り返りたくなかった、暗黒の一年間の舞台です。当時の記憶の残滓から、何らかのインスピレーションが得られればと期待してのことでしたが、意外や意外、街のどこに触れても何の感慨も起こらず、少し拍子抜けしたものです。つまりは、まだ何かを成し遂げたわけでもない自分は、過去を振り返る時期ではないということなのでしょう。

実際、こうしてあとがきを書いている今も、必死にあがく日常は続いています。そんな日々を数年後に笑顔で振り返ることができるかどうかは、自分次第です。しかし、どんなに辛い傷も、いつか必ず癒えると思えば勇気づけられます。

最後になりましたが、本書の実現及びこれまでの半生について、お世話になった人々への感謝は尽きません。

先に御名前を挙げた島田先生、青木会長、そしてパートナーの赤浦さん。いつも苦労と感動を共に分かち合っているスペースBDのメンバーたち。独立直後、困窮する私に大好きなお酒を何度も振る舞い励ましてくれた白坂亜紀さん。三井物産時代の上司や先輩、同僚の皆さん。今回このような執筆の機会を私に与えていただき、「今しか書けないものを」と背中を押してくれた株式会社アスコムの柿内尚文さん、池田剛さん。制作に尽力いただいたライターの伊達直太さん。著者と編集者という立場を超え、人として向き合いながら最後まで寄り添ってくれた友清哲さん。

また、たった一度、オンライン番組で対談したことを機に、私がすっかり虜になってしまった山口周さんには、本書の刊行にあたり素晴らしい推薦文を寄せていただきました。こちらの厚かましいお願いに快く応えていただき、心から感謝を申し上げます。

そして、自分たちのことをすべて後回しにし、私に愛情の尊さを叩きこんでくれた父・高利、母・信子。昼も夜も公私の境もない生活に一切の不満を言わず、いつもかたわらで支えてくれる妻のひかり。

まだまだ感謝を伝えなければならない人は枚挙に暇がありません。本書の刊行を口実に、必ずご挨拶に伺いたいと思います。

人生は予定調和ではないから素晴らしい。この先もきっと、さらに楽しく、想像もつかない体験や出会いがたくさん待っていることでしょう。

もし、かつての私のように自身の先行きに思い悩んでいる方が、本書によって前を向くヒントを得ることがあるなら、これ以上の喜びはありません。

最後までお付き合いいただき、本当にありがとうございました。まだ見ぬ皆様とのご縁を楽しみに、筆をおかせていただきます。

永崎将利

この物語は事実に基づくフィクションです。
実在の個人・団体とは一切関係がありません。

小さな宇宙ベンチャーが起こしたキセキ

発行日　2020年11月2日　第1刷

著者　永崎将利

本書プロジェクトチーム
編集統括　柿内尚文
編集担当　池田剛
編集協力　友清哲、伊達直太
デザイン　杉山健太郎
制作協力　寺林陽介
校正　東京出版サービスセンター

営業統括　丸山敏生
営業推進　増尾友裕、藤野茉友、綱脇愛、大原桂子、桐山敦子、矢部愛、寺内未来子
販売促進　池田孝一郎、石井耕平、熊切絵理、菊山清佳、吉村寿美子、矢橋寛子、遠藤真知子、森田真紀、大村かおり、高垣真美、高垣知子
プロモーション　山田美恵、林屋成一郎
講演・マネジメント事業　斎藤和佳、志水公美

編集　小林英史、舘瑞恵、栗田亘、村上芳子、大住兼正、菊地貴広
メディア開発　中山景、中村悟志、長野太介、多湖元毅
総務　生越こずえ、名児耶美咲
管理部　八木宏之、早坂裕子、金井昭彦
マネジメント　坂下毅
発行人　高橋克佳

発行所　株式会社アスコム

〒105-0003
東京都港区西新橋2-23-1　3東洋海事ビル
編集部　TEL：03-5425-6627
営業部　TEL：03-5425-6626　FAX：03-5425-6770

印刷・製本　株式会社光邦

Printed in Japan ISBN 978-4-7762-1096-2